gedicht mit widerhaken *für Tadeusz Dąbrowski*

will sie den wurm? verlangt nicht die forelle
vielmehr den haken statt des wurms, nur durch den wurm
hindurch, wie eine seele vorhölle
und fegefeuer ohne ein warum

durchmisst, um dann, emporgerissen, eine oder zwei sekunden
vor einem makellosen blau zu stehen,
in jenem licht zu schweben, silberfunken
in alle richtungen zu sprühen?

für dich dann, leser, diese kanapees,
das stangenbrot, das dampfende ragout
und kokosnüsse von der côte d'ivoire

im warmen kerzenschein, dazu ein knappes
adagio, einen song, und dann den ruck
in deiner kehle, oder etwas tiefer.

JAN WAGNER

klopstock beim eislaufen

»... es ist recht verdrüßlich, daß diese edle Kunst weder schön noch wohlklingend in unserer Sprache ausgedrückt wird ...«
(Brief an Johann Nepomuk Cosmas Michael Denis)

der winterhimmel ganz in blaubeerblau,
als er den see betritt, erst die ellipse
mit scharfem kiel beschreibt, sodann parabel
und kreis, sein kurs exakt wie eine laubsä-

gearbeit, und mit jeder pirouette,
mit jedem wirbel setzt er neue zeichen
ins eis. ein rabe steigt als pars pro toto
fürs dunkel, das bald kommt, aus einer eiche,

in seiner wunderkammer klirrt das schilf
applaus. wie kramer abermals auf knien
herumrutscht, knebel noch mit lederschlaufe
und schuh hantiert, freund boie ohne können

und unbeholfen wie ein junges kalb
vorüberschwankt – derweil er selbst im zickzack,
in wellenlinien fliegt, so klar und klipp
und schier verjüngt auf siebzehnhundertsechzig

durchs glitzern des dezembertages gleitet,
daß unterm eis die groppen, karpfen, quappen
erschrocken glotzen in der grottenkälte;
die arme auf dem rücken, kopf im nacken,

ein knicks, bevor er in der hocke flocken
vom holzpflock klaubt, nie stolpert oder stockt,

Inhalt

Ein ziemlich zerreißender Jahrlauf geht zu Ende, dieses 2024 ist wohl als dunkle Insel im Erinnern vorgesehen. Von nicht wenigem verabschiedet man sich in diesen Wochen, was einem nah und teuer schien, um es wieder gegen etwas einzutauschen, das einem vielleicht teuer und nah erscheint. Erinnern wir uns, das alte Jahr war auch das von Klopstock und Kant, von Kafka und Poe. Aufklärung und Dunkelheit, Schwiemeln und Licht, all das umringt vom Gepolter und dem Sturm der Wochen, die wir durcheilten. Es war auch das Jahr von Goethe, aber welches ist das nicht. Das nächste wird das erste von zwei aufeinanderfolgenden Rilke-Jahren sein. Grund, sich nochmal und nochmal in Disziplin und Hoffnung zu fassen. Mit dieser *oda* hat das Jahr sein Bewenden auf unserem papierenen Atoll, das sich zwischen den Literaturhäusern in Magdeburg und Halle, den Werkstattorten zwischen Arendsee und Sonneck aufspannt, den Bibliotheks-Oasen zwischen Osterburg und Zeitz. Und in der Tiefe tickt die Zeit, älter als Goseck, Memleben und Pömmelte. An sie wollen wir uns halten. Und uns in die Texte senken: Kathrin Schmidt und Jan Wagner, Ursula Hörig, Albrecht Franke, Doris Claudia Mandel, Michael Spyra, Abdulah Sidran, Mona Zwinzscher und Leonie Köhler, sie nehmen uns alle ein Stück mit. Ein bewegtes Jahr war es – ein weiteres solches wird wohl folgen.

und jeder tanzschritt pocht, schwingt fort wie glocken
im see. mal glatt, barock, mal im stakkato,

im gehrock, im gesteppten frack am steg
vorbei, an stoppelkoppeln, den philist-
ern, keck, doch alles klappt, gottlob, und klopstock
frohlockt. die spuren später, wenn es still ist,

und nicht nur hunde staunen, kleine kinder.
daß wir verstehen mögen, niemand schamlos
sein pediskript zerstört; daß uns der winter
noch gnädig bleibt. wir haben zeit bis zur schmelze.

LIANE BOSSE Drei Gedichte

Im schönsten Wiesengrunde

Freunde hört die Worte
derer die vor uns
in dieser Welt gestanden
nicht Jene
die uns heute sagen
wie wir zu leben haben

sollen unser Sein bestimmen

lasst uns erinnern
die Kindheit in den
Wiesen hinter dem Haus
den schönsten Wiesengrund
sang 1948 ein russischer Soldat
des Alexandrow Ensembles
die Wehmut des Heimwehs
sein Heimweh
der Deutschen Heimweh
die Berliner verstummten
ach dieser Russe
brach ihre Herzen auf
in jenem Augenblick
offenbarte sich das Gute
im Leben des Feindes
Unbegreiflich dass sie
sich ohne Mitleid
hier gegenübergestanden
nur wenige Jahre zuvor

Unbegreiflich dass wir
uns heute wieder finden
in der Falle des Hasses

Lasst uns denken lernen
Freunde das allein
schützt gegen dieses Gift

Der Feldweg *(bei Vierzehnheiligen)*

Senke die Stirn nicht
auf dem Weg
zwischen den Feldern
geradehinaus zur Mühle
vorüber am letzten Haus

der kleine Punkt
in der Blickferne
alles trifft dort
aufeinander
die Erde
zu deinen Füßen
der Wind
im Strauch
neben dir

der Himmel
über dem Strauch
der Himmel
über dem Wind
der Himmel
über deinen Blicken

fürchte dich nicht
auf dem Feldweg
alles gehört hier

zu dir und du
zu allem

Zeit aufzuhören
Gedichte zu schreiben
die Zeilen der Freunde
sind was von ihnen blieb

das Vogelpaar
hoch am Himmel
wie eine Bleistiftzeichnung
die schwindet
mit jedem Augenaufschlag
ihm gilt es nachzusehen

die Blätter im Wind
die einen Korridor öffnen
und wieder schließen
dieser plötzliche Weg
öffnet sich nur dir
nicht ohne Bedeutung
geschieht was im Grund
verborgen bleibt

Zeit aufzuhören über
Menschendinge nachzudenken
ihre Mechanismen
du kennst sie alle
du hast so viele Jahre geübt

Zeit dem Himmel nachzudenken
alles wird dort beantwortet
und jenseits von uns entschieden

Humboldt

Diese endlosen Ströme, sagte Humboldt leise vor sich hin. Diese endlosen Ströme, warum tue ich mir das an? Kennst du einen, kennst du alle. So viele Weltgegenden du auch zu sehen glaubst, du siehst nur diese Ströme und ihre Ränder, bestenfalls die Ränder. Und auch die nur am Tag. Wo eigentlich bist du zu Hause? Wirklich zu Hause? Wo möchtest du heimisch sein oder werden? Und mit wem? Und wo begraben?

Das also war er, der Jungen-Traum, der Jugendtraum: die Welt entdecken, die Ferne, dieses magisch funkelnde Wort aus Fantasie mit wirklich Gesehenem, Gehörtem, mit dem, was man riecht, schmeckt und spürt anreichern. Alles sozusagen am eigenen Leib erleben: die Länder, ihre Besonderheiten, die Besonderheiten der dort lebenden Menschen, alles, was man sich, stets am selben Fleck verharrend, wo man jeden Grashalm und jedes Menschen Nase kennt, nur schwer oder gar nicht vorstellen kann.

Oder …

Oder wäre solch ein Leben nicht doch das bessere Leben: Haus, Hof, Kinder …? Früh, auf der Straße, sich noch einmal umdrehen, winken, am Abend wieder zurückkehren. Der Hund kommt schwanzwedelnd entgegengelaufen. Die Katze, am Hoftor, putzt sich scheinbar desinteressiert das linke Hinterbein und trottet dann dem Hund und seinem Herrchen Richtung Haus hinterher.

An Sonntagen würde man im Park am Fluss oder auf dem Fürstenwall spazieren gehen. Oder würde ausfahren, die Eltern besuchen, und natürlich Tante Pauline, die ihm zum achten Geburtstag ihren Globus geschenkt hatte, auf dem Länder und Meere schon ein wenig ergraut waren und dennoch unter den Blicken des Jungen in verlockenden Farben erschimmerten.

Trautes Heim – Glück allein? Eigener Herd – Goldes wert? Manches, in manchen Familien, wer weiß warum, überliefert sich durch Generationen hindurch.

Gereimte Weisheiten? Nein. Wohl eher Lebensmaximen oder Sehnsüchte kleiner Leute, die sich selbst so bezeichneten oder mit bewusstem oder unbewusstem herablassendem Tonfall von Höhergestellten oder sich höher Dünkenden so bezeichnet wurden.

Ist solch ein idyllischer Lebenstraum noch lebbar – jetzt? War er das je gewesen? Konnte er je von Dauer sein in all den Jahrhunderten mit ihren Hungerjahren, den verheerenden Kriegen? Ist er nicht längst ausgestorben? Oder wird er noch immer geträumt und zur Sprache gebracht, nur mit anderem, zeitgemäßem Vokabular?

Und der andere, der aus dem Fernweh geborene Traum? Aus? Vorbei?

Oder lebt er ebenfalls noch, ist nur in mir gestorben?

Keinen Pinguin wird man nach mir benennen, keinen Asteroiden, nicht einmal einen Hefepilz.

Wie ein elektrischer Impuls zuckte es plötzlich durch seinen Körper: verfluchter Sekundenschlaf! Augen auf! Mach die Augen auf!

Er löste die rechte Hand vom Steuer und rieb sich kurz mit dem Zeigefinger über die Lider. Hinter ihm hupte man bereits, begann ihn zu überholen.

Nachts, in diesem Strom glühroter Rücklichter, da könnte ein winziger Moment des Träumens das Leben kosten. Er gab Gas und trieb erneut ohne zurückzubleiben im Strom mit.

Im Radio begannen die Nachrichten mit einer Meldung aus einem der nicht mehr fernen Kriege.

Rosen

Er betrat das Café, verharrte, blickte sich um.

Nur ein einziger Platz, an einem Zweiertisch, an dem eine ältere Dame saß, war noch frei. Gott sei Dank, dachte er. Gott sei Dank, keiner der älteren Herren. Die hatten so ihre Standardsätze, um andere ins Gespräch zu ziehen, sie gar nicht erst zum Nachdenken, zum Aufatmen kommen zu lassen. Und um ungestört aufatmen zu können, Abstand zu diesem hinter ihm liegenden Vormittag zu gewinnen, hatte er dieses Café betreten, hatte er die Anonymität unter Fremden gesucht. Wäre aber nur noch ein Platz am Tisch eines älteren Herrn frei, würde der Beginn eines Gespräches, das dann mit hoher Wahrscheinlichkeit nur aus einem Monolog bestünde, unausweichlich sein. Er hatte das bereits mehrmals erlebt. Ein belangloser Satz von ihm als Antwort, nur so dahingesagt, und dann die Reaktion: Ach, ich könnte ihnen da Geschichten erzählen. Ganze Romane hab' ich erlebt. Wenn ich bloß Zeit hätte, dann würde ich alles aufschreiben. Sie würden Augen machen, und ich, ich wäre ein gemachter Mann. Allein gestern, ob Sie es glauben oder nicht, gestern …

Er ging die wenigen Schritte zum Tisch der älteren Dame. Entschuldigen Sie, ist dieser Platz noch frei?

Die ältere Dame nickte und machte eine einladende Handbewegung.

Er setzte sich, bestellte Milchkaffee und Bienenstich und dachte an den Besuch im Krankenhaus zurück. Vielleicht hätte ich statt der Nelken doch Rosen mitnehmen sollen. Aber sofort verwarf er diesen Gedanken wieder. Rosen, nach so vielen Jahren, die sie sich kannten, da könnte sie ja sonstwas denken.

Er nahm die kleine Kuchengabel, die wie ein Dreizack aussah, und zerteilte das Kuchenstück.

Und wenn, dachte er, und wenn sie sonstwas denkt, was wäre daran so schlimm? Es hatte sich doch schon vor Wochen, noch vor ihrem Unfall, etwas zwischen ihnen verändert, das sie möglicherweise genauso wie ihn in eine bisher unerklärliche Unsicherheit versetzte. Die Unbefangenheit, mit der sie all die Jahre, meist in den Mittagspausen, miteinander gesprochen hatten, diese Unbefangenheit, er zumindest hatte sie verloren. Aber warum?

Nachdem er am Milchkaffee genippt und vom Bienenstich gekostet hatte, drang die Stimme der älteren Dame in sein Bewusstsein: Was meinen Sie, gibt es Leben auf dem Mars?

Bitte?

Sie müssen doch eine Meinung haben. Also, gibt es Ihrer Ansicht nach Leben auf dem Mars?

Ich war noch nicht dort, sagte er.

Und?, fragte sie.

Was und?

Und möchten Sie hinfliegen?

Was soll ich denn auf dem Mars?, fragte er zurück.

Na was schon, sagte die ältere Dame, nachgucken, ob es da Leben gibt.

Warum sollte ich das?

Ja, wenn Sie dort Leben entdecken würden … Sie seufzte.

Was wäre dann?, fragte er.

Dann wären Sie unsterblich, erwiderte sie. Ihr Name wäre für immer in die, wie sagt man, ach ja, in die Annalen der Wissenschaft eingeschrieben.

Ich pfeif' drauf, hätte er am liebsten geantwortet. Doch er zügelte sich, trank einen Schluck Milchkaffee und sagte, dass er kein Wissenschaftler sei, und dass ihn in erster Linie die irdischen Angelegenheiten interessierten.

Naja, sie zögerte, sprach dann jedoch weiter, vielleicht sind Sie ja auch schon ein wenig zu alt für solche weiten Reisen. Es kommt nämlich auf das Startfenster an. Das öffnet sich leider nur alle 26 Monate. Ist das Startfenster dann wieder zu, und Sie brechen zum Mars auf, dann fliegen Sie jahrelang, bis Sie dort ankommen. Vom Rückweg gar nicht zu reden.

Er spürte Enttäuschung und gleichzeitig einen ihm unbegreiflichen Vorwurf in ihrer Stimme.

Warum fliegen Sie eigentlich nicht selbst zum Mars, um nachzusehen, ob es dort Leben gibt? Was hält Sie hier, auf diesem Planeten? Das kann doch nicht bloß die Schwerkraft sein.

Mein Knie, antwortete sie. Das würde mein Knie nicht mitmachen. Und ein bisschen vergesslich bin ich, und das nicht erst seit heute. Was habe ich nicht alles vergessen, wenn ich früher, als mein Mann noch lebte, mit ihm in den Urlaub fuhr! Du würdest sogar deinen Hintern vergessen, wenn er nicht angewachsen wär', hat er in solchen Fällen gesagt, und ich bin dann los, um das Fehlende einzukaufen. Aber auf dem Mars kann man ja nun nicht gleich in das nächste Geschäft gehn, um Zahnbürsten oder Badelatschen zu besorgen.

Vielleicht, sagte er, mehr zu sich selbst als zu ihr, vielleicht ist es auf dem Mars, wenn man allein ist, genau so trostlos wie auf der Erde.

Sie lächelte ihn an. Oder besser: Ihre bernsteinfarbenen Augen waren es, die ihn anlächelten, sodass er sich fragte, ob sie ihn nicht die ganze Zeit zum Besten gehalten hatte.

Er aß den Bienenstich auf und zahlte.

Vielleicht hätte ich doch Rosen mitnehmen sollen, dachte er, und verließ das Café.

Risse

Was suchen Sie hier?

Die fast geschrienen Worte einer heiser wirkenden Frauenstimme ließen ihn zusammenzucken, als hätte jemand hinterrücks auf ihn eingeschlagen.

Wo kommt die denn her, schoss es durch seinen Kopf. Es war doch weit und breit niemand zu sehen gewesen, und Leute von irgendeinem Sicherheitsdienst, die plötzlich aus einem Büro oder einem Wachgebäude auftauchen könnten, die gab es hier auf dem hinteren abgeschlossenen Teil des Geländes nicht. Er hatte es doch zweimal umrundet, es sozusagen observiert, bevor er den Holzzaun, der fast einer Eskaladierwand glich, mit Anlauf, Absprung auf dem rechten Fuß, Griff der rechten Hand nach der oberen Kante, dem Einhaken des linken Fußes dort und dem Hinüberrollen, wie er es nannte, überwand. Diese Technik, vor längerem in einem Film gesehen, dessen Titel er nicht mehr wusste, erschien ihm trotz des komplizierten Bewegungsablaufes als die beste.

Und nun diese beiden Risse ... Er hatte noch wenig Übung im Überwinden von Mauern, Zäunen und anderen Hindernissen.

Langsam wandte er sich um. Die Spule, die alle Gedanken in seinem Kopf automatisch abzuspulen schien, drehte sich trotz seines Erschreckens noch immer.

Diese beiden Risse nun, in der besseren seiner zwei Hosen. Dazu noch die aus dem abendlichen dunkelnden Dunst wie eine geisterhafte Erscheinung auftauchende Frau.

Und Sie? Was suchen Sie hier, nach Geschäftsschluss? Wie kommen Sie eigentlich auf dieses abgeschlossene Gelände? Dazu noch mit Rucksack? Können Sie sich ausweisen? Er erschrak über seine eigene, in seinen Ohren ungewohnt fremd klingende Stimme.

Die kleingewachsene, ältlich aussehende Frau strich ihren grobfaserig wirkenden Pullover mit den rauen Innenflächen der beiden Hände glatt. Es wirkte, als wären sie schmutzig, und als versuchte sie, diesen Schmutz nun, egal wie, schnellstens zu entfernen.

Sie schaute zu Boden, zum rissigen, staubgrauen Betonviereck, auf dem die penibel ausgerichtete Reihe der Abfallcontainer des Supermarktes stand, glaubte, die entsorgten Lebensmittel hinter den Containerwänden zu sehen, schaute wieder zu Boden, als könnte sie dort einen genügend großen Spalt entdecken, in dem sich ihre Scham vor diesem fremden jungen Mann und vor sich selbst verbergen ließe.

Ich gehe ja schon, sagte sie leise. Ich gehe ja schon

Es war einmal eine Prostituierte,
die kurz nach Mitternacht schrecklich frierte.
Doch weil sie auf höhere Bildung schwor,
hätt' sie doch lieber gelesen: Sie fror.
Bildung geht schließlich vor.

Sie fühlte vor Kälte nicht einen Zeh,
und keiner hielt an da vorm KaDeWe,
so kurz nach Mitternacht.
Berlin hatte sie sich ganz anders gedacht.
Voll Glanz und viel mehr Pracht.

Da hieß es: In Deutschland sind Schwestern gefragt.
Der Traum von der Klinik war erstmal vertagt.
Stattdessen stand sie nun in Schöneberg 'rum
und sah sich nach möglichen Freiern um.
Schön dumm!

Der Mond schien fahl übers Kaufhaus hinweg.
Ein eisiger Wind verwehte den Dreck,
und Kälte zog ihr langsam hoch bis zum Knie,
und noch eine fror direkt vis-à-vis,
genau wie sie.

Man fand sie bei den Lüftungsrohren
und sah schon von Weitem: Sie war erfroren.
Der Kommissar blieb bei den Fakten
und legte sie in einem exakten
DIN-Ordner zu den Akten.

ABDULAH SIDRAN Drei Gedichte

Albtraum

Was machst du da, mein Sohn?

Ich träume, Mutter. Ich träume, Mutter, dass ich singe,
und du fragst mich in meinem Traum: Was tust du da, mein Sohn?

Worüber singst du im Traum, mein Sohn?

Ich singe, Mutter, dass ich ein Haus hatte.
Und jetzt habe ich kein Haus mehr. Das ist es, worüber ich
singe, Mutter.

Dass ich eine Stimme hatte, Mutter, und meine Sprache.
Und jetzt habe ich keine Stimme und keine Sprache mehr.

Mit einer Stimme, die ich nicht habe, in einer Sprache, die ich
nicht habe,
über das Haus, das ich nicht habe, singe ich ein Lied, Mutter.

In Sarajevo kann man nicht leben

In Sarajevo kann man nicht leben.
Wenn man in Sarajevo lebt, verschwendet man zu viel Zeit.

Während ich dort bin, während ich hier bin – vergeht der
Morgen.
Während dies ist, während jenes ist – vergeht der Tag.

Zwar wird all das – unter Menschen geschehen.
Und es wird eine ausnehmend schöne Geschichte werden.
Doch von Geschichten kann man nicht leben.

Tag ist Tag, Arbeit ist Arbeit, und Zeit ist – so heißt es – Geld.

Ob man sich nun darauf einlässt oder nicht, die Wahrheit ist:
 Es ist schwer,
in Sarajevo zu leben. Du machst drei Schritte – da sind siebzig
 Leute,
die du mit bloßem Auge siehst. Um jeden Einzelnen zu
 umarmen, einigen
die Hand zu schütteln, nur zwei genau unter die Lupe zu
 nehmen, müsstest du –
drei Leben haben.

Deshalb ist es – egal wie man es dreht oder wendet –
 unmöglich,
in Sarajevo zu leben. Vom Guten – tut einem der Kopf weh. Es
 sollte
sofort, auf höchstem Weltniveau, ein völlig neues Sarajevo
erschaffen werden, in dem es möglich wäre, zu leben.

Wenn es, so Gott will, erschaffen wird –
möge seine Geografie die gleiche bleiben, möge auch die
 Miljacka die gleiche bleiben,
sie ist schön, ist weder Bach noch Fluss,
mögen ebenso die Berge die gleichen bleiben.

Mögen sie sterben, aber sich nicht verändern –
all die Menschen, die in Sarajevo leben.

Denn in dieser Stadt kann man nicht leben.
Das Leben ist zu kurz für Sarajevo.

Ein Spaziergang mit Stevan

Lass uns also auf diesen letzten Spaziergang gehen, Bruder,
Stevan. Haben wir etwa nicht schon alles gesagt – sprechend
in einer Sprache, in der das Göttliche wohnt, und in der die Linde
duftet, ganz und gar slawisch, auch ein wenig eisig –
haben wir nicht schon alles gesagt, wurde nicht schon
alles genannt, was einer Erwähnung wert ist?

Lass uns diesen überflüssigen Spaziergang machen, Stevan,
Bruder. Noch einmal müssen wir diese Stadt besuchen und
schließlich unsere Bilanz minimieren: Weswegen wurde
Zeit verschwendet, wofür Energie vergeudet, wozu
Papier beschmiert? Doch nicht etwa: Im Namen der Strophe,
des Verses
und des allzu hell erstrahlenden Gedichts?

Lass uns diesen traurigen Spaziergang machen, mein Stevan.
Lass die Blitze vergangener Jahre zucken! Die Art und Weise,
in allem menschlich zu sein, haben wir sie gefunden? Tugend und
Wissen, sind sie Seite an Seite gewachsen? Für jegliches Reden
brauchte es eine Fackel der Worte, ein Licht
an vorderster Front – wie wünschten wir uns, dass es werden
möge?

Lass uns wieder den gleichen Weg gehen, Bruder. Aber
zunächst: Wir sollten jenes stolze, schöne
Sprechen vergessen, keinesfalls nach Worten suchen, sondern
den Hund der Sprache von der Kette lassen, soll er bellen und
fauchen, mit verdrehten
Eingeweiden. Auf keinen Fall sagen wir: *wie*, denn
unvergleichlich sind
die Dinge, und nichts gleicht irgendetwas anderem.

Wir werden den gleichen Weg einschlagen und die Dinge wieder
auf die gleiche Weise betrachten, aber jetzt aus einem anderen
Blickwinkel –
aus einem allgemeinen Blickwinkel und in einem anderen Licht,
im absoluten Licht. Wir werden die gleichen Frauen
sehen, wie sie ihre Körper tragen, und wie sie niemals
wissen werden, niemals, was sie uns nehmen, während sie sich
an uns verschenken.
Wir brauchen etwas mehr Rauheit, auf der Haut der Lyrik –
die Geißel der Tatsachen!

Denn ich will dir, Engel, die Nacht zeigen. Orte,
an denen sich der noch unbesungene Abschaum versammelt.
(Die Dichter, siehe,
sie regulieren ihre Visiervorrichtungen, gegen das Mondlicht
gelehnt,
im endlosen Feld der Manöver des Überflüssigen!) Ich will
dir dieses Leben zeigen, realer als jenes
aus Versen geschmiedete (mit Placebo, Tag für Tag), die
Harmonie
des Alkohols, der nächtlichen Tätowierungen, der öffentlichen
Bäder,
der Volksküchen!

Überall Menschen bei der Arbeit, Menschen am Werke, die
Opposition,
der Handel, die Weisheit des Nachgebens, ein nützlicher Wind
aus dem Bauch und aus dem Meer! Also, wer brauchte sie jemals,
unsere Leiden der Anachronie! Hier, wo einst erwischt
wurden –
ein Marktplatz, eine Menschenmenge: Im Sommer –
Duftgarten,
im Winter – Kohl, dazwischen – Grün, Paprika, Petersilie.

Der Handel blüht, die Rhetorik reift, im rasanten Aufstieg
des Glücksspiels!

Dort errichtete der Bezwinger den Tempel aus den Siegen
der Mächtigen, um die Seele zu erlösen. Hier können wir
innehalten und lauschen,
wie uns die Haare wachsen, wie die Nägel sprießen, wie
die Zähne faulen, wie großartig der Empfangsapparat
funktioniert,
für die posthume Aufbereitung des Datensammelns! Ach,
wohin ist mein fliegender Teppich der Pubertät entschwunden?

Ich sehe jetzt nur noch die Wirklichkeit: Die Grenzen meines
Körpers sind auch die Grenzen meines Geistes! Ist das eine
Strafe
für meinen doppelten Atheismus? Von mir aus soll es so sein,
aber ich
lasse hinter mir einen Knochen zurück, ich lasse hinter mir
das *Schlüsselbein* zurück, und mit ihm wird
das Wesen dieses Desasters rekonstruiert werden!

Unsere künftigen Leser werden so den Klangpunkt finden,
wenn die Brücke zusammenbricht, wenn alles zerfällt, in
ihren Eingeweiden, in ihrer Essenz. Und der, der das schreibt,
wird sich in einen kahlen Baum verwandeln, in einen kahlen
Winterbaum,
der aus Beton wächst, mit Blättern aus Stöhnen,
mit Ästen aus Schreien!

Die Straße hinunter geht des Soldaten Mutter, Šuhra
Milosnica. Grasland, ruhiges! – Auf uns jedoch
warten Tätigkeiten, öffentliche Aktivitäten, die keinen
Aufschub dulden, literarische Abende, Humor und Satire:

Wohin mit den Pferden? Ins Sonett, ins Sonett, in den Wagen,
unter die Peitsche! Wohin mit den Schafen? Ins Sonett, ins Sonett,
in den Schlachthof unters Messer! Wohin mit den Menschen?
In die Reime,
in die Dramen, in den Schützengraben und ins Grab!

Hier verrottete der Biedermeier, dort krepierte
Europa: Trauer und Leiche mit einer Fahne bedeckt:
Liberté, Égalité und Fraternité, d. h. Jugend,
Armut, gute Laune! Schau einmal dort:
Die Lebensfreude im Stottern des Stöhnens, da, siehe: gesenkte
Köpfe, schwarze Masten, bandiera bianca, bandiera bianca!

Also, wo ist unsere Arche? Hier drüben das Boot! Vorbei
am Becken! Zieh das Seil fest! Verknote es! – Haben wir nicht
schon
vor langer Zeit alles gesagt, was gesagt werden musste?

Der Geist Sidrans, siehe, er schwebt über der Miljacka!

Aus dem Bosnischen von Cornelia Marks

Mit *Dandanah*, dem Glasperlenspiel als Baukasten, wirft Bruno Taut einen Köder aus, nach dem wir noch heute schnappen. So wie der Glaspalast als Feenreich, Himmelsburg und Farbraum noch immer uneingelöst ist, ist es das Versprechen des Spielzeugs als Kunst. Zwar spielen Kinder mit Formen, aber was sie zustande bringen, landet kaum im Museum. Dandanah verspricht, in Juwelen wühlen zu dürfen und verheißt den Schatz hinter den Schätzen. So wie wahre Werte erst dort beginnen, wo das Geld aufhört, beginnt Dandanah dort, wo das Anordnen, Fügen und Türmen über die Vorlagen hinausgeht. Natürlich sind der Möglichkeiten unendliche, denn schon, wie nur zwei Steine zueinander stehen und liegen, welche Beziehung des Auf- und Nebeneinander, des Davor und Dahinter, des Links und Rechts möglich sind, könnte Bücher füllen, wäre man geduldig, es aufzuschreiben. Der Architekt – und ein Architekt hat dieses Spiel ersonnen – nennt derlei *Form, Entwurf,* und kann doch nicht sagen, was er damit im Letzten meint. Die Formen der Architektur haben eine Sprache, aber es ist nicht die der Suffixe und Synonyme, der Fälle und Beugungen. Da sie einerseits von jedermann verstanden werden kann, andererseits aber auf nichts deutet als sich selbst, könnte man darüber streiten, ob es überhaupt eine Sprache ist.

Wenig, ja fast nichts ist darüber überliefert, wie Taut *Dandanah* gemeint hat, nur dass er es zusammen mit dem Designerehepaar Blanche und Paul Mahlberg entwarf und die Prototypen von der Firma Luxfer-Prismen in Berlin-Weißensee anfertigen ließ. Produzieren sollte es die Spielwarenfabrik Bing aus Nürnberg; doch der Bankrott des böhmischen Bankhauses Fitzgerald in Aussig verhinderte den Plan am Ende.

Über den Versuch, mit den fünfundsechzig bunten Glassteinen des Prototyps real zu spielen, berichtet Manfred Speidel leicht griesgrämig: »Die behäbigen ›Dorfkirchen‹ der Vorlagen führen einen nicht zu dem versprochenen Märchenpalast, vielleicht noch der gläserne Turm aus farbigen Pfeilern und kragendem Aufbau, gekrönt mit roten und blauen Dreiecksprismen …

Überhaupt führt das Titelblatt etwas in die Irre. Denn mit der Anzahl der Steine im Baukasten könnte man den umfangreichen ›Palast‹ gar nicht ausführen.«[1]

Es ist wahr: Der im expressionistischen Gestus präsentierte FAIRY PALACE auf dem achteckigen Dandanah-Kasten ähnelt zwar Tauts utopischen Entwürfen der *Gläsernen Kette*, bleibt aber ein Serviervorschlag, zu dem noch manches fehlt. Und betrachtet man die Versuchsanordnungen, auf die Fotografen verfallen, wenn man sie bittet, die Dandanah-Elemente gefällig zu arrangieren, ähnelt das Ergebnis Parfumflakons oder Produktkatalogen von Alessi. Zu spielen ist gar nicht so einfach, wie jedes Kind bestätigen wird.

Natürlich ist Tauts Erfindung, patentiert am 27. Oktober 1920, nicht der erste Baukasten. Mit dem ab 1882 in Rudolstadt produzierten *Anker-Steinbaukasten*, hergestellt aus Sand, Schlämmkreide und Leinöl, hat er nicht nur die Form der Bausteine, sondern auch einige Farben gemein, obwohl er ihren Historismus verschwächt und dem Senfgelb, Ochsenblutrot und Taubenblau, das sein Erfinder Gustav Lilienthal für angemessen hielt, ein Smaragdgrün und die durchsichtige Farbe Weiß hinzufügt. Die Formen werden abstrakter, doch zu dem, was wir Grundformen nennen und mit dem Bauhaus assoziieren, dringt Taut doch nicht vor. Eigenartig ersetzt er den Halbbogen durch ein halbes Achteck, dessen Stämmigkeit vage an das Profil von Peter Behrens Berliner Turbinenhalle erinnert.

Drei Jahre später, 1923, wird die Bauhäuslerin Alma Siedhoff-Buscher das *Bauhaus-Bauspiel* vorlegen, 22 Bauklötze aus lackiertem Holz, zu dem sie erklärt: »bauspiel: ein schiff – das auch eine berg und talbahn, ein tor, ein tier und vieles sonst noch sein kann.« Kinder, so die Erfinderin, sollen »einen raum haben, in dem sie sein können[,] was sie wollen, in dem sie herrschen.

---

[1] Speidel, Manfred: *Stadtkrone und Märchenpalast. Zum Glasbauspiel Dandanah von Bruno Taut*, Juli 2006.

jedes ding darin gehöre ihnen, ihre fantasie gestaltet es, ... die form entsprechend ihrer größe, der praktische zweck hindere nicht die spielmöglichkeiten.«[2]

Die Montessori-Didaktik überdeckt, dass auch das Bauhaus-Bauspiel nicht zu jener reinen Abstraktion vordringt, die damals das nie ganz erreichte Ziel der Avantgarde ist und von der Le Corbusier schwärmt: »Unsere Augen sind geschaffen, die Formen unter dem Licht zu sehen. Die primären Formen sind die schönen Formen, denn sie sind klar zu lesen. Die Architekten von heute verwirklichen keine einfachen Formen mehr.«[3] Mit Le Corbusier freilich durfte man Taut nicht kommen, so wie dieser Taut für »farbenblind« erklärte, nachdem er dessen Haus in der Stuttgarter Weißenhofsiedlung 1927 besichtigt hatte. Sie blieben Rivalen.

Dandanah bedeutet auf Deutsch »ein Bündel von Stäben« bzw. »ein Bündel von Säulen«. Die indische Benennung deutet darauf, dass Tauts Blick, als er das Spiel entwarf, nach Osten gerichtet war, wohin ihn ausgedehnte Reisen schon geführt hatten: »Der Orient ist die wahre Mutter Europas, und unsere schlummernde Sehnsucht geht immer dorthin«, notiert er in seinen Reiseeindrücken aus Konstantinopel 1916,[4] und noch in der Utopie der *Stadtkrone,* die er 1919 publiziert, klingt das Bild hoch aufregender indischer Tempel nach.

Das Material Dandanahs allerdings, das Glas, dürfte sich aus einer anderen Inspiration speisen; es geht auf Tauts Begeisterung für den Dichter Paul Scheerbart (1863–1915) zurück, mit dem der Architekt befreundet war und den er in der von ihm selbst

---

2 Zit. n. https://www.bauhaus-shop.de/de/naef-bauhaus-bauspiel.html, zuletzt abgerufen am 08.06.2024.

3 Le Corbusier: »Ausblick auf eine Architektur«, in: Conrads, Ulich: *Programme und Manifeste zur Architektur des 20. Jahrhunderts (*Bauwelt Fundamente 1), Braunschweig und Wiesbaden: Vieweg 1981, S. 56.

4 *Bruno Taut 2007, EX ORIENTE LUX. Die Wirklichkeit einer Idee. Eine Sammlung von Schriften 1904–1938.* hrsg. v. Manfred Speidel, Berlin: Gebr. Mann Verlag, S. 73.

herausgegebenen Zeitschrift *Frühlicht* mit folgenden Worten vorstellt: »Wer seinen Namen nicht kennt, möge sich sagen lassen, daß er nach 50 Jahren ein deutscher Klassiker sein wird. Der einzige Architekturdichter. Geboren in Danzig, gestorben am 15. Oktober 1915 mit 52 Jahren am Kriege.«[5]

So ist es nicht ganz gekommen; Scheerbart ist heute nicht Klassiker, sondern Geheimtipp. Seine literarischen Phantasien weisen ihn aus als Phantasten in einem Genre, das wir Siencefiction nennen würden. In dem »Asteroiden-Roman« »Lesabéndio« (1913) etwa wird der Bau einer zehn Meilen hohen Turmkonstruktion auf einem extraterrestrischen Asteroiden beschrieben mit dem Ziel, die Geheimnisse des Himmels zu ergründen.[6] Seinen Essay »Glasarchitektur« widmet Scheerbart Bruno Taut persönlich und schreibt in Abschnitt I: »Wollen wir unsre Kultur auf ein höheres Niveau bringen, so sind wir ... gezwungen, unsre Architektur umzuwandeln. Und dieses wird uns nur dann möglich sein, wenn wir den Räumen, in denen wir leben, das Geschlossene nehmen. Das aber können wir nur durch Einführung der Glasarchitektur, die das Sonnenlicht und das Licht des Mondes und der Sterne nicht nur durch ein paar Fenster in die Räume läßt – sondern gleich durch möglichst viele Wände, die ganz aus Glas sind – aus farbigen Gläsern. Das neue Milieu, das wir uns dadurch schaffen, muß uns eine neue Kultur bringen.«[7] Taut hat derlei ernst und wörtlich genommen und Jahre damit verbracht, architektonische Utopien auf der Grundlage des Glases zu zeichnen, etwa die Mappe »Alpine Architektur« (1918), die nichts anderes vorschlägt als die Überbauung der Alpen mit kristallinen Palästen.

---

[5] Bruno Taut in *Frühlicht* Nr. 1, S. 18.

[6] Vgl. https://www.baumeister.de/erdichtete-glaspalaeste-paul-scheerbart/, zuletzt abgerufen am 08.06.2024.

7 Scheerbart, Paul: *Glasarchitektur*, Abschnitt I, zit. n. https://www.projekt-gutenberg.org/scheerba/glas/glas.html, zuletzt abgerufen am 08.06.2024.

Die reale Entwicklung der Architektur nahm, wie wir wissen, eine andere Wendung. Aus Glas gebaut wurden und werden bis heute vor allem Bürotürme und Bankpaläste, deren Urkeim wohl Mies van der Rohes Hochhausentwurf für die Berliner Friedrichstraße ist. Dass er diesen nie gebauten, aber höchst einflussreichen Entwurf nirgendwo anders publizierte als in Tauts *Frühlicht*, und zwar in Heft 4 von 1921, bleibt eine Pointe der Baugeschichte.[8]

In einem im Stadtarchiv Magdeburg verwahrten, bislang unveröffentlichten Brief vom 9. Juni 1922 redet Mies van der Rohe Taut, den sechs Jahre älteren Kollegen, ehrerbietig mit »Herrn Stadtbaurat Bruno Taut« an und gibt sich Mühe, das, was er am Modell ästhetisch erprobt hat, sprachlich in Worte zu fassen: »Bei dem neuen Hochhaus habe ich den Grundriss profiliert[,] um den gläsernen Eindruck dieses Hauses stärker herauszuholen. Der Grundriss macht wohl bei oberflächlicher Betrachtung den Eindruck des willkürlichen, aber ich habe den Bauplatz soweit wie möglich berücksichtigt und mich dann von der Materialwirkung leiten lassen. Meine ersten Versuche zeigten Profile die mehr auf Licht und Schattenwirkung berechnet waren und es stellte sich bei dem Modell sofort heraus[,] dass auf diesem Wege nicht weiter zu kommen war, denn das Glas erfordert Kurven die auf Lichtreflexen hin gebildet sind. Ich entschloss mich daraufhin[,] die Kurven im Freien am Modell auszuprobieren und liess mich lediglich von der Lichtwirkung leiten, denn es kam für mich darauf an[,] ein grossartiges Spiel von Lichtreflexen zu erzielen und nicht von Schattenwirkungen.«[9]

Nicht Taut also, dem Stadtbaurat, sondern Mies van der Rohe, dem späteren Nestor der Moderne, wird es bestimmt sein, Scheerbarts Träume zu verwirklichen und an den Lake

---

[8] Mies van der Rohe in: *Frühlicht* Nr. 4, 1921.

[9] Mies van der Rohe an Bruno Taut, 09.06.1922, Stadtarchiv Magdeburg, Rep35 Ha18, geschlossen 1924.

Shore Drive am Michigansee in Chicago 1951 jene zwei berühmten Hochhäuser zu setzen, die zum Inbegriff des Internationalen Stils geworden sind und die noch der Magdeburger Katharinenturm, das *Haus der Lehrer*, 1968 schüchtern und selbstbewusst zugleich zitiert. Damit aber schließt sich ein Kreis, denn *Dandanah*, Tauts Glasperlenspiel, liegt nur wenige Kilometer entfernt im Kunsthistorischen Museum, präsentiert neben Kaufmannsläden und Puppenstuben. Artefakt einer Moderne, die nie eintraf, die sich nie verwirklichen durfte, scheint es auf eine Zeit zu warten, welche seine Teile, halb zerbrochen einige davon schon, zur Ganzheit fügen könnte, zu jenem *Haus des Himmels*, das Taut, der Dichter, mit folgenden Worten umschreibt: »Alle Formen steigen, streben, wachsen nach oben[,] angesogen vom Deckenstern. Steil und hart, weich und zart in mannigfaltigem Wechsel der Gebilde. Unendlich scheinend in immerwährender Bewegung. Die Farben sind tief glühend, geheimnisvoll leuchtend, jede Sternecke auf eine Farbe des Regenbogens gestimmt. Die Windeisen zacken wuchtige Führung. Die Senkrechten der Säulen binden ruhegebend das Ganze. Sprühend und funkelnd entzündet die Sonne den Glanz der Farben, ernst und schwer spricht durch sie der graue Tag, und der Mond und die Sterne klingeln wie Silberglöckchen durch das bunte Glas.«[10]

[10] Taut: »Haus des Himmels«, in *Frühlicht* Nr. 1, S. 35.

MONA J. ZWINZSCHER Für meine Walnuss

I

Und du?

Ich?
Ich bin deutsch.
Schon immer.
Ich habe das nie infrage gestellt.
Wie meine Eltern, meine Großeltern
aus Sachsen, NRW und Ostpreußen.
Bin ich deutsch? Ja.
Schon immer.
Nur weil ich hier geboren wurde?
Nur weil ich Deutsch spreche?
Ich bin deutsch und habe das nie in Frage gestellt.
Bis du kamst.

Bist du deutsch?
Ja, sagt dein Pass.
Schon immer?
Nein, sagt deine Geburtsurkunde.
Stellst du das in Frage?
Nein, sagst du.
Deine Eltern, deine Großeltern sind
aus Ḥazza und Deir az-Zūr.
Bist du arabisch? *Ja*.
Bist du deutsch?

Du sprichst Deutsch, du sprichst Arabisch.
Ich spreche Arabisch, ich spreche Deutsch.

Deutschsein fühlt sich leicht an.
Ich muss da gar nicht viel für tun.
Na klar, Erbschuld aus zwei Weltkriegen.

Aber auch Wirtschaftsmacht und VW.
Ich struggel damit eigentlich nie,
außer wenn ich mich im arabisch-israelischen Konflikt
positionieren soll.
Ich gehe aber auch nicht damit hausieren, dafür bin ich zu links
– oder vielleicht auch zu deutsch.
Patriotismus ertrage ich nicht mal beim Fußball.

Arabischsein kann ich mir nur vorstellen.
Ich habe mir ein Bild gemacht
aus deinen Erzählungen, aus Büchern und Filmen.
Arabisch ist nicht gleich Arabisch.
Amtssprache in 26 Gebieten, unzählige Dialekte.
Arabisch ist nicht gleich Islam.
Islam ist nicht gleich Kopftuch.
Kopftuch ist nicht gleich Unterdrückung.
Arabisch ist – leckeres Essen, entzückende Musik und
Gastfreundschaft.
Ist in Deutschland eine Insel, eine Subkultur, eine Gemeinschaft,
Stigmatisierung, Rassismus und Stress mit der Ausländerbehörde.

Ich bin deutsch, du auch
Du bist arabisch, ich nicht.

II

Wer werden sie sein?

Zwiegespalten oder zwei Identitäten?
Zerrissen oder verknüpft?
Flickenteppich oder Mosaik?

Eins
Mama?
Mama?
Mammma?

Zwei
Mama vorlesen?
Mama spielen?
Mama helfen?

Drei
Immī, laīš mā fī Hummuṣ bi-l-KiTa?
Immī, warum können wir Ǧiddatī nicht öfter besuchen?
Immī, warum kennt Lisa die Lieder von Fairuz nicht?

Sechs
Immī, kann ich alles sein, wenn ich groß bin?
Immī, bin ich anders als die anderen Kinder?
Immī, was ist Syrien?

Zehn
Mama, müssen wir immer diese Filme gucken?
Mama, müssen wir so oft Muǧaḍḍara essen?
Mama, müssen wir Oma schon wieder besuchen?

Fünfzehn
Och, Mama, hättet ihr mich nicht zwingen können, Arabisch
zu lernen?
Och, Mama, kannst du mal aufhören, so peinlich zu sein?
Och, Mama, was willst du?

Zwanzig
Judith, kannst du mir diesen Monat nochmal Geld überweisen?
Judith, musstest du ausgerechnet einen Araber heiraten?
Judith, verstehst du überhaupt, wie es in mir aussieht?

Fünfunddreißig
Mama, kannst du heute Abend auf die Kinder aufpassen?

III

In meinem Büro am Schreibtisch erarbeite ich etwas, schreibe.
Es ist ein offener, freier Raum der Sehnsucht, aber kalt
und alles steht in rechten Winkeln zueinander.

Du sitzt in deinem Atelier vor einer leeren Leinwand.
Gemütlich ist es dort, verlockt zum Müßiggang, schön warm,
aber deine Meinung laut zu äußern, kann riskant sein.

Manchmal stehe ich im Türrahmen.
Ich sehe das Atelier jetzt in Farbe,
kann das Licht anschalten, aber nicht eintreten.

Manchmal kommst du zu einem Plausch ins Büro.
Deine Unbeschwertheit gibt mir Hoffnung,
dass auch unsere Kinder sich in unserem Haus frei bewegen
werden.

Wenn wir uns in der Küche treffen, verschwimmen die Grenzen
zwischen dir und mir, zwischen uns.
Auf den Tisch kommen Falafel, Müsli und manchmal Reibungen.

IV

Du sprichst Deutsch, du sprichst Arabisch.
Ich spreche Arabisch, ich spreche Deutsch.
Ich bin deutsch, du auch.
Du bist arabisch, ich nicht.
Ich bin deutsch und habe das nie infrage gestellt,
Bis du kamst.

Im Original zweisprachig, deutsch und arabisch

Als sich die Schwaden verzogen, sah ich es. Es war ein Gebirge aus Eis. Die Schiffssirene jaulte auf, laut und dröhnend, als ob sie damit das Gebirge verscheuchen könnte, das sich vor uns aufgetürmt hatte, hier, 20 Seemeilen vor dem Hafen von Helgoland. Es war nasskalt und windig auf der Nordsee, lange Wellen glitten gen Südost auf das deutsche Wattenmeer zu, darüber dieser zerfetzte Nebel, und in der Nebelsuppe schwamm dieser Eisberg, nicht der erste in diesem Winter, aber der größte.

Bis vor einigen Jahren trieben diese Eisberge von Grönland immer mit dem Golfstrom ins Nordmeer, aber seitdem der Golfstrom im Golf blieb, feierten die Hurrikans dort eine Monsterparty, und die Eisberge wanderten gen Hamburg. Einer hatte es sogar bis in die Elbmündung geschafft und wäre noch weiter gekommen, wenn das THW ihn nicht mit Schlagbohrhämmern und Motorsägen zerraspelt hätte.

Die Bundeswehr hatte damals einen Trojaner in ihren Systemen und war nicht einsatzbereit.

Wir waren jetzt das Einsatzkommando, das den Eisberg vor Helgoland aufhalten, umlenken, sprengen oder wegzaubern sollte, je nach dem, was möglich war, ohne dass die sekundären Bugwellen den Hafen und die Ferienanlagen von Helgoland zerschmettern durften.

Der Eisberg trieb auf Helgoland zu. Er war, das hatten wir gemessen, 50 cm höher als die Kirchturmspitze auf der Insel. Wir, das waren ein Seenotkreuzer von der Deutschen Gesellschaft zur Seenotrettung, zwei private Segelyachten und jede Menge Leute, die sonst in Steinbrüchen Steine brachen. Dazu eine Meteorologin und zwei Hydrografen vom BSH in Hamburg, und einer lästerte, man könne, wenn das Ding in Hamburg reinschwimmt, von seiner Spitze aus dem Direktor in seinem Büro in die Kaffeetassen reinschauen. Und das BSH liegt weit über der Elbe.

Die Bundeswehr kämpfte gerade gegen das Marburg-Virus in Düsseldorf. Denen war der Eisberg egal. Die hatten andere Sorgen.

Die Sprengleute saßen in der Kantine und spielten Prince of Persia. Die Karibikmusik aus den Lautsprechern klang verführerisch süß durch die nasskalten Gänge. Die Hydrologen stritten sich mit der Meteorologin über die Simulation, die ihnen das BSH über Satelliten rübergeschickt hatte. Die enthielt mehrere Varianten einer möglichen Route des Eisberges, eine direkt über Helgoland hinweg, eine direkt nach Bremerhaven und eine in Richtung Cuxhaven. Die vierte ging genau dort hin, wo ich mein Ferienhaus gebaut hatte. Deshalb war ich hier auch mit dabei. Ich habe diese Eisbergabwehr finanziert.

Wenn wir uns auf eine Prognose geeinigt hatten, würden die Sprengtruppen das nächste Level von *Prince of Persia* auf Pause legen, den Eisberg mit Sprengladungen bestücken und das Ding in die Luft jagen. Wenn sie vor Helgoland sprengten, dann schwammen die restlichen Splitter mit hoher Wahrscheinlichkeit auch über mein Ferienhaus hinweg, wenn sie nicht sprengten, dann strandete der Klumpen ungenutzt in irgendeinem schlammigen Wattenmeer. Oder schwamm nach Bremerhaven oder nach Cuxhaven. Oder in die Klippen neben Helgoland. Ich begann abzuschätzen.

Der Eisberg besteht aus gefrorenem Trinkwasser. Wenn das im Sommer neben meinem Ferienhaus schmilzt, dann können wir das als fossiles Mineralwasser vermarkten. Wenn das Ding an dem Helgoländer Felsen hängen bleibt, machen die das Geschäft. Das muss unbedingt verhindert werden!

über die Jahre

hab ich mich verpanzert
jeden Tag sind Schrauben nachzuziehen

ich gehe langsamer
das Gewicht
drückt mich zum einsamen Zwerg

der Blitz einer Anrede
fährt am Eisen herunter

die Zweifel nehmen zu

aus allen Löchern kriechen sie
hinfällig manche
bloße Floskeln
andere
sind zäh

am Akzent erkennst du ihre Herkunft

kaltsinnigknorrig die Alten
angemoost von verlorenen Jahren

ich habe grobe Steine
längst vergessene
aus dem schweren Geröll gezogen

mit ihrer scharfsinnig zweifelnden Gewissheit
beginne ich
eine Mauer zu bauen

ça dure

die schwarze Faschingsrolle der weißen Masken
rollt und rollt
mit stotterndem Motor seit Monden

liefert
die einsam Ausgeatmeten
Tag für Tag
die Nächte mitgezählt

wir warten
auf den Kanonendonner
der den Sieg verkünden soll

Zaungast

Nach so vielen Jahren befinde ich mich wiederum auf jenem mich durch eine sanfte Wildnis geleitenden Weg, der mich zuvor über Streuobstwiesen führte, danach schmaler wurde, sich nun allmählich unter Farn und Brennnesseln und den hohen, ihn beschattenden Bäumen darüber fast zu verlieren droht.

Eine seltsam feierliche Stimmung erfasst mich, wie ich sie zuvor nur als Kind kannte, folgte ich einem ähnlichen, wenn auch viel kürzeren Waldweg, der mich, in einem kleinen Dorf aufwachsend, zum sonntäglichen Kindergottesdienst führte. Jene feierliche Stimmung, die ihren Höhepunkt erreichte, schwang die schwere eichene Kirchentür hinter mir ihrem Schloss entgegen, und das flackernde Licht der Altarkerzen begann, mich zu umfangen.

Dabei ist mir zumute, als wäre die Zeit in all den vergangenen Jahren eingesperrt gewesen und ich wäre eben diesen Weg erst kürzlich entlanggelaufen.

Selbst die sich mir alsbald entgegenstreckenden Brombeerranken scheinen mir vertraut, ihre grünen noch festen Früchte, über die ich behutsam streiche. Dabei während des Weitergehens erleichtert feststellend, dass den Baumstämmen die Aufforderung: NATUR ZUM ANFASSEN noch immer fehlt. Ja weit und breit auch kein Hinweis, wann man irgendwelche touristischen Sehenswürdigkeiten erreicht. Wer hier entlanglief, kannte wohl den Weg, wusste um seinen Anfang und sein Ende.

Plötzlich ein mich aufschreckendes, klapperndes Geräusch, aber kein Grund zur Panik. Es ist nur ein Angler, der sich auf seinem Fahrrad mühsam auf mich zu bewegt, der, als er mich erreicht, vom Rad steigt, um mich vor der zunehmenden Unbegehbarkeit des weiteren Weges zu warnen.

Aber ich will nicht umkehren. Nutze jedoch die Gelegenheit, mich nach den neuen Eigentümern des Hauses zu erkundigen, zu dem ich seit dem frühen Morgen unterwegs bin.

Nur widerstrebend gibt der Fremde Auskunft, sagt, dass die NEUEN aus München kämen, betont aber gleichzeitig, dass man sich das wenigstens im Ort erzähle, auch, dass bei Einbruch der Dunkelheit Männer von so einer Sicherheitsfirma um das Haus streichen würden. Verhehlt dabei nicht, dass ihn all das nicht besonders interessiere, um danach kurz grüßend, aber ohne besondere Eile davonzufahren. Wohl wissend, dass noch längst nicht die Stunde der Fische, in der sie zu springen beginnen, angebrochen ist.

Auch ich gehe weiter. Farne nun üppiger wuchernd als zuvor und beiderseits des Weges moosbewachsene Steine und hoch über mir am blässlich blauen Himmel die sich unter dem aufkommenden Wind berührenden Baumwipfel.

Eine seltsame Bangigkeit erfasst mich. Zumal über den Weg gestürzte Äste mein Vorankommen zunehmend erschweren.

Tröstlich allein mein Wissen, dass sich der Wald bald verlieren, ich an einer unübersichtlichen und deshalb nicht ungefährlichen Stelle aus ihm heraus auf die Straße treten werde. Doch dann stoppt ein rücksichtsvoller Autofahrer den nachfolgenden Verkehr, und ich kann die Fahrbahn problemlos überqueren. Und stehe früher als erwartet vor jenem Anwesen, zu dem ich bereits stundenlang unterwegs bin, das aber zu meiner Enttäuschung von einem hohen Gitterzaun eingeschlossen wird. Trotzdem entdecke ich das nur von einigen alten Linden etwas verdeckte vertraute Haus, den angrenzenden See und die ihm vorgelagerte Wiese. Und das Bild ist noch immer ergreifend schön. Auch die zum Haus gehörende Terrasse glaube ich auszumachen, obwohl das von dem Punkt aus, an dem ich stehe, überhaupt nicht möglich ist, und selbst das raschelnde Geräusch umgewendeter Manuskriptseiten dringt von der Terrasse herüber und erinnert mich an jene dort entstandenen kurzen naiven Geschichten, mit denen ich glaubte, unsere kleine abgeschottete Welt ein bisschen verändern zu können. Dazu der erneut aufkommende Wunsch, all dem ein letztes Mal ganz nah zu sein.

Danach der Gedanke, wie wundervoll es wäre, könnte ich mich an einen jener Sprüche erinnern, die es vermochten, Türen, Tore und sicherlich auch Zäune, und seien sie noch so hoch, mühelos zu öffnen. Doch dann dringt das unüberhörbare heftige Schließen einer Tür zu mir und lässt mich aus meinen Träumereien aufschrecken. Und bald darauf taucht eine Frauengestalt in weißer Bluse und weitschwingendem roten Rock auf, die sich mir mit fast militärischem Schritt zu nähern beginnt. Die mir, bevor ich etwas sagen kann, schon von Weitem zuruft: »Was wollen Sie hier? Das ist ein Privatgrundstück!«

Ja, was will ich hier? Und nun, unter ihrem feindlich abweisenden Blick, kommt mir mein Ansinnen nicht nur reichlich vermessen, sondern auch ein bisschen sentimental vor. Sie fühlt sich bedroht. Sieht mich als Eindringling, obwohl ich nirgendwo eingedrungen bin.

Doch selbst wenn ich ihr zu erklären suchte, was mich hierher zu ihrem Haus geführt hat, würde sie es denn verstehen? Weiß sie doch nichts von jener lustvollen jugendlichen Entdeckerfreude, mit der ich einst diese Gegend durchstreifte, das Obst der Streuobstwiesen sammelte, die nackten Beine dabei unfreiwillig den Brennnesseln auslieferte, danach in die Kühle des nahen Flusses tauchte, ihn ein um das andere Mal durchschwamm. An seinen Ufern auf deren Bewohner traf, die mir mit ihren einfachen, noch unverbrauchten Gefühlen ihr Leben zu erzählen begannen.

Inzwischen beginnt die Fremde in der Tasche ihres Rockes nach etwas, vermutlich ihrem Handy zu suchen. Und obwohl sie sich bemüht, ruhig zu erscheinen, zittert ihre Hand dabei. Immer sind es ja die Hände, die einen verraten.

Sie droht, die Polizei zu rufen. Die Polizei also. Ihre Bewacher tauchen ja erst auf, wenn es zu dunkeln beginnt. Und noch ist es hell. Dabei scheint sie nicht einmal zu wissen, dass seit uralten Zeiten die Gefahr vom Wasser her kommt. Und den See in seinem ganzen Ausmaß zu bewachen, wird weder der Polizei noch ihren Sicherheitsleuten gelingen. Doch dann scheint ihre Geduld zu enden, wiederholt sie doch jetzt, mit mehr Entschlossenheit in der Stimme als zuvor, ihre Drohung.

Während ich, davon nur mäßig beeindruckt, wahrnehme, dass die Sonne längst nicht mehr so hoch über dem Haus und dem, was es umgibt, steht, auch dass es jetzt so eine Sonne ist, wie ich sie manchmal als kleines Mädchen malte, mit diesen ganz langen, fast die Erde berührenden Strahlen.

Und da entschließe ich mich, liegt doch noch der weite Rückweg vor mir, umzukehren. Nehme aber, mich nochmals der noch immer auf ihrem Platz Verharrenden zuwendend, ihr Siegerlächeln wahr. Sie glaubt wohl, mich mit ihrer erneuten Drohung vertrieben zu haben. Dabei muss ihr entgangen sein, dass ich ihren Zaun längst überstiegen, fast schwerelos auf ihrem Grundstück gelandet bin, dort all meine Erinnerungen zusammengepackt und danach den Zaun mit einer mir davor unbekannten Leichtigkeit erneut überstiegen habe. Um nun mit einem an kindliche Schadenfreude erinnerndem Gefühl in die vertraute Geborgenheit jenes Weges zurückzukehren, der mir den Zutritt nicht verwehrte.

Kleiner Wald

In ihrem Zimmer, das klein war, gab es nicht nur einen Weihnachtsbaum, sondern drei. Sie wuchsen vom Boden empor, entbehrten Tisch oder sonstige Aufbauten und waren mit weißen Wachskerzen geschmückt, mit Silberlametta und goldenen Kugeln. Und es krönte sie der Stern von Bethlehem. Die Sterne glänzten seltsam still und hell in dem trüben Licht des Dezembertages.

Sie aber lag regungslos auf dem Teppich inmitten ihrer Bäume. Durch die Sichtscheibe des winzigen Ofens drang noch Wärme, und das milde Licht der Glut lag auf ihrem Gesicht wie ein Hauch Rouge. Tannenduft erfüllte den Raum und leise rieselten Tannennadeln auf sie herab, auch auf ihr Gesicht und ihre weit geöffneten Augen.

Draußen begannen die Glocken zu läuten, aber die aufrechtstehenden Tannenbäume schirmten das Draußen ab, auch das Licht der langsam aufflammenden Straßenlaternen und das Glockengeläut, das sonst zu ihr hereingedrungen wäre.

Und das Zimmer war kein Zimmer mehr, sondern ein kleiner einsamer Wald. Nur aus der Nachbarwohnung klang es leise »Stille Nacht, heilige Nacht …« herüber. Sie jedoch lag inmitten ihres selbst geschaffenen Waldes, eines Waldes aus drei Bäumen, dessen Erschaffung ihre ganze Kraft gekostet hatte. Die Anstrengung war ihrem Gesicht noch anzusehen.

Die Tannenbäume jedoch standen weiterhin hochaufgerichtet, auch als ich sie fand, in ihrem nicht verschlossenen Zimmer, mitten im Winter, zur Weihnachtszeit, wohl zu der heiligen Nacht …

Streuobstwiesenpassion

1

im Winter mit den Äpfeln sprechen
denen die noch stehen
über die rote Haut fahren
ihnen Wärme schenken
ihren kleinen Riffeln nachgehen
den Unberührten und Gefallenen
die Jahresringe hinabsteigen
zwischen all dem Schnee
erfrorenen Gräsern und Aufgefressenem
sich die Füße küssen lassen
um dann wieder über den Zaun zu steigen
die Streuobstwiese zu verlassen
nur die weiße Amsel bleibt zurück
und baut dem Apfelbaum ein Nest
legt fünf Eier hinein
die Pächter vom Gärtner zu unterscheiden
ihn zu erkennen an der Zeit sie an der Eile
ihn an der Leiter sie an der Säge
ihn an den Händen sie an den Nägeln

2

was bleibt uns außer der Acht
was bleibt uns beim Wachen
beim Wachsen beim Loben beim Knien
vor der o! so heiligen Apfelpresse
beim Preisgeben beim Aufgeben unserer Kerngehäuse
beim Verhängen unserer schrumpelnden Schalen
beim Schauen auf Äste an denen man wächst
beim Übermalen gelber und grüner Flecken
bei der Suche nach Halt den es am Boden nicht geben soll
was bleibt uns außer den Fragen nach den Schlupflöchern

in Händen und Füßen was mit den Würmern ist ob der Gärtner
wirklich aussortiert und ob der alte Zaun noch steht

3

frage danach ob Sprache sprich Farbe sprich Form
sprich Herkunft ein Hindernis ist ob Sprenkel notwendig sind
oder ob auch andere Muster verlangt werden könnten
ob das Etikett beim Waschen den Kleber flieht
und ob Zweige und Gabelungen von Bedeutung sein werden
und frage danach ob sich Veredelungen
als Vorteil oder als Nachteil erweisen werden
ob das Verstehen der Vorgaben Pflicht oder freiwillig ist
und ob Klarheit als Merkmal abgelegt werden darf
und Trübe nicht immer fehl am Platz
und ob schweigendes Auslassen verboten
auch wenn die Ernte kurz bevorsteht
denn sind angesichts des Wetters Stiefel
nicht weit eher angebracht und Handschuhe ganz praktisch
aber ignorieren wir hier nicht die Wege
die durch den Garten führen sich nicht nur am Zaun halten
dabei machen sie doch letztendlich eine Streuobstwiese aus

4

diese Trampelpfade auf die wir fallen dank schwacher Punkte
und starker Winde und dem das wir Zeit nennen
liegen sie nicht da wo niemand geht außer denen
die unsere besonderen Orte kennen und wer kennt die schon
und weiß wo man warten muss

Cocytus

bin baden gegangen im Eissee am Höllengrund
neunmal im Kreis geschwommen meinem eigenen
Schwanz hinterhergejagt Kreisdreher Selbstverräter

ob ich Ihn gefunden habe ja weiß Gott nein das nicht
jemand anderen den Tod und den Tod allein Verkühlung
im Blauen im Uterus des Kraters des Bösen des Guten

ob ich wieder aufsteigen möchte
in wärmere Gefilde das auch nicht
aber ein andermal gerne nur nicht jetzt
bin grad ganz

ich binde mir die Haare zusammen

ein Vogel erkennt darin sein Nest zieht ein
nun ist er an mich gebunden und ich an ihn
gehe ich in ein Haus öffne ich ihm die Fenster
war er im Wald bringt er mir Zecken mit die Unsterblichen
sehe ich eine Katze mache ich einen Umweg friere ich
an den Ohren breitet er seine Flügel aus geht ein Wind
spürt meine Kopfhaut keinen Unterschied mehr
zwischen Haar und Federn doch mit der Zeit
wird es schwer um den Kopf kleine Äste Würmer
und Käfer vom Brillengestell hängt ein Strohhalm
und die Eier im Dutt bekommen langsam Risse

nach dem Exodus

nassen Fußes in die Wüste kommen
den Sand vor Zelten nicht sehen
über Nacht vor Feuersäulen fliehen
und am Tag und am Tag, am Tag
Worte finden, für den Geruch von
verbrannten Planen, Fußsohlen auf Teer
den Tod und verschwundenen Kindern
da hilft auch keine Stiftshütte, sela

Auszüge aus *Trost Land*

Vor Hartschwinden im Abendlicht

zu rezitieren; zu sprechen
dem erkaltenden Abendhimmel
im sich sammelnden Tauwasser
auf dem Feld, den Kuhfladen
die wieder zu Erde werden
den Füßen der Kopfweiden im Bach
den spitzenauswachsenden Gräsern
der weißen Amsel im toten Winkel
und der ruhenden Schlange, so gütig
Februar, es ist bloß ein Ast

zwischen den Stürmen *Gera-Ufer im Februar*

verstümmelte Kopfweiden im Gerawasser, Folientüten
Koppelzäune und Amselnester um ihre Hüften geschwemmt
das Schilf von Zeynep übers Ufer gedrückt und letzte
Krähenrufe aus den zerbrochenen Erlen warnen
vor den Vögeln, die unsichtbar Kreise in die Strömung
spucken, den Blumenstrauß trägt sie dennoch aus der Stadt

Windtag *Dermbacher Klippen im Februar*

im Windtag, wenn die Bäume ihre toten Kinder
zu Boden schmettern, werde ich im Wald sein
sie im Fall zu fangen oder wieder aufzulesen
vielleicht dem Leben nachzuhoffen, vielleicht
auch, um nicht dazustehen, unterm Rauschen
der Buchenkronen zwischen glatten Stämmen
auf der vergrabenen Erde, dem letzten Rot
wo es mir den Atem verdrückt, den Schritt erschwert
mich nicht gehen lässt, als wäre ich ein Lebender mit Absichten
mit Kamera und Mikrofon, ein Drama zu dokumentieren
aber was gibt es hier zu sehen und was zu hören, frage ich
im Wald keine Stimme

Europa *Staudt-Blick im April*

der Ruf eines Eichelhähers
aus den in den Schlaf gerissenen Wäldern
der Flug fünf letzter Raben
vor der Ferne des Staudt-Blicks
und die Schatten kleiner Wolken
auf weißen Feldern zur Zeit
des großen Knisterns in den Kiefern
in der doch kein Schnee liegen soll
vor allem nicht zu dieser Zeit des Heils
und der giftlosen Stacheln
aber vor allem nicht
mitten in Europa

der Trost des Eichelhähers *Hochrhöner im April*

wo Liebe mich findet bei den Kiefern sagst du Eichelhäher
und zupfst ihnen ein Stück Rinde aus der Haut
wen willst du damit wecken ich kann nicht schlafen
meine Träume hat der April unter Schnee begraben
unsere gemeinsame Farbe in den Sommer verlegt

willst du nicht mit mir zu einem dieser Kondensstreifen fliegen
die keine Flugbahnen mehr sind oder weiße Fahnen
in Dornensträucher hängen und auf Rauchzeichen
oder eine Antwort hoffen und willst du mir nicht ihren
famosen Regenmantel bringen das Wetter ist hier so schlecht

Neumondfittiche *Geradamm am Pfingstvorabend*

der Mann im Mond wird kurz zu Gott
wird ihm die Sichel zu schmal
steigt er auf den Damm herab
geht da, wie aus Lehm
hat das Mückensäuseln in den Ohren
und keinen Ort zu bleiben

Krateraugen besehen Forellen im Fluss
am anderen Ufer Schafe, ein Reiher
den Schnabel unter Kopfweiden gesenkt
das Rot der Windkraftwerke gibt von Weitem
Zeichen ihre Flügel weder Stecken noch Stab
wie sollen sie das Wasser teilen

KONSTANTIN STAWENOW

für einen Leuchtkäfer *Bernshäuser Kutte im Juni*

in einer vorläufigen Nacht, im Traumfang
erst ein Schatten, dann eine Hand
von unten, aus der Nässe gehoben
das Licht, hinter den Fingern schon
ein anderes

Wald Ephraim *Ibengarten im März*

unter der Sonne
in den Ibengarten gehen
drei Krähen
am Himmel ohne Angst
meine Fixpunkte
auf dem Weg dahin

wir leben im Zeitalter der Vögel
verraten mir die Augen der Eibe
in denen Nester wachsen
keine Misteln

wären wir ohne Haut geboren
könnten wir fliegen
könnten wir alles sein raunen sie
lassen Paulus vorübergehen
greifen Abschalom auf

Es war, dass ein Zerlumpeter unter die Leute schritt und schwor.
Was er schwor, eh' schweigen er geheißen, weiß das Lied.
Den Eingefleischten nannten sie ihn. Den Hohlen auch.
Den –

Ihr Menschen! Mit den großen Mäulern.
Aber ewig halben Ohren
Für die ferne Gefahr, die *heute*
Nicht so nah euch nötigt, wie *morgen*
Schon sie schinden schonungslos
Euch könnte: Könnt ihr hören? Kennt
Ihr mich? Es mag wohl sein.

Meine Werke, wüst und leer, zerwühlen
Die euren Äcker. Anders jedoch
Sie füllen die Felder. Gefilde, nicht
Der frischen Frucht; doch endlich Friedens.

Menschen modern dort! Wo manche
Blume bläht die Blüten kühn
Und zärtlich. Ein Zauber haftet zeitlos
Der Andacht inne des Ortes. Meiner
Heimstatt.

Hört her. Hört mich an!
Geier gähnen, Geister schweifen, wo
Ich mich äse der alten Wunden
Einer Art, die ausgestorben
Balde besser etwa böte
Ein schönes Geschichtchen, als dass der Schande
Gehäuft gar hoch und höher würde –
Dagegen Gräber immer gerne
Tief und tiefer. Zu tarnen Mordes
Und Totschlags taubes Tun.

So höret!
Schlacht schlägt der Schlächter, Krieg
Führt der Feige, dem fehlen Wort
Und rechte Rede. Redet! Weint
Euch aus. Wo immer Tränen ächzend
Stocken, stirbt ein Mensch.

Versteht
Ihr mich? Der Muße meint ihr mir
Zu viel? Faul das Folgern, deutlich
Schräg das Schließen? Schert ihr euch
Um Wirkung und Wandel der Taten von Welt?

Alles Ach und Weh um euch,
Alles anderer Leute arge
Klemme? Könnten eure Kinder
Euch hören! Habet, Halbstarke, Acht!
Ein Grauen ergreift die Welt. Und greis
Will nur werden, wer nicht denkt.
Wer der Wut, die in ihm, lebt.
Dem Aase untertan.

Aus
Der Traum! Trüb das Trugbild, das
Verzehren zuchtlos machte Narziss
Sich nach sich. Die Suche hat
Ein Ende: Was ist der Mensch? Er ist,
Was ahnte alle Welt von ihm!
Beweisend sich Wilden, bewirtend Tod
Für gutes Geld.

Welch ein Gast!
Ich, Elende, bin es: euer
Zögling. Zahlend Zeche in Blut.

Hurtig! Habt ihr einen Happen
Für den Freund? Überfüttert
Mich! Mordes Mast hält den
Tod traut und lebig. Tut
Nicht so besonnen. Ihr seid, was
Ihr seid. Selig der, den sehnen
Macht der Mut nach mir. Wie auch
Leben längst in den letzten
Zügen, zuckend – ohne zu
Erlahmen?

Lasst euch lesen, ihr.
Jung an Jahren, jagt euch Angst.
Wohin das Haupt gewendet, woher
Die Kraft zwar kehrend in die Kehle
Heim, heiser auf zu heulen,
Überall kriecht Angst. Den Schatten
Gleich gleitend aus den Gliedern, je
Schöner strahlt der Schein.

Was,
Hört mich, Heutige, lasst euch hören,
Will gewusst sein? Was ersonnen?
Es nimmt einfach kein Ende. Nicht, ehe
Grün das Gras den Massengräbern,
Will ich wieder euch sehen! Was wollt ihr
Von mir? Die Menschheit ist meiner Übungen
Leichteste. Legt euch schlafen. Lasst euch
Sein. Sein – oder süßes
Nichtsein, verneigt euch vor dem Nebel
Der Bedeutung des Daseins.

Lehnt euch
Auf. Aber überdenkt
Den Feind! Wie fühlt ihr euch? Gefangen
In der Ungunst der Stunde? Es ist,
Wie es ward, weil werden es durfte!

Verfallt der Furcht. Oder findet
Zu euch! Euch benagt es, ihr
Verschmerzt es. Schminkt euch nicht den Schmutz
Der Asche auf, die – siegreich, na, aber –
Einte den Erdball: In des Todes Krallen.

Menschen! Meint es gut! Und macht es
Besser. Ein bisschen nur. Bisschen
Besser. Muss blind das Biest erst walten?

Das, Verdammte, denkt der Tod
Über euch. Ist es damit
Genug?

Nun; vernehmt zu dieser
Stillen Stunde dies Sterbenswörtchen
Von dunkler Bedeutung. Ein – Tagedieb
Zeichnet zünftig sich – wie zeitig –
Vor euch hier albernd aus.

Auf bald.

Der Optimismus des Herzens hat es in diesen Zeiten manchmal schwer gegen den Pessimismus des Verstandes – um Antonio Gramsci nicht ganz richtig zu zitieren. Sylvia Graupners Bilder aber können diesem Optimismus des Herzens Nahrung geben. Denn neben allem, was Kunst noch ist – Leidenschaft, Beruf, Berufung, Geschäft, Beschäftigung, Kommunikation, die schönste Nebensache der Welt – ist sie manchmal (oder sogar immer) ein Zeichen von Hoffnung, so etwas wie ein zum Bild gewordener Traum. Noch das schwärzeste Bild und das düsterste Abschiedsgedicht sind ein Zeichen von – wenn auch noch so geringer – Hoffnung, und sei es nur die, dass es anderen besser gehen möge, indem sie uns verstehen, uns zustimmen oder widersprechen.

Es gibt diesen typischen Sylvia-Graupner-Stil. Getragen oft von einem hoffnungsvollen, ermutigenden Grün, das auch über schwere Erlebnisse hinweghelfen kann, zeichnet sie eine Welt voller Zeichen und Wunder, an deren Horizont manchmal ein Sehnsuchtsschiff wartet. Es ist eines von der alten Sorte, aus vergilbtem Papier gefaltet, und es wartet in einer Welt, die auch eine von der alten Sorte ist, selbst wenn sie mit einem rasanten Hightech-Fahrrad entdeckt wird. Zu Zeichen und Wundern werden die Häuser und Gehöfte, die Bäume und Blumen am Wegesrand, die schmalen Straßen und Wege selbst. Die Berge, hinter denen sich Unerwartetes auftut, die Wälder, aus denen Feen und Zauberinnen steigen. Der Sternenhimmel, die Nachtgedanken, die Wassertropfen auf der Haut. Und immer führt der Weg ins Offene hin, zum Meer, vielleicht noch immer einem Meer voller Möglichkeiten. Es ist viel Dynamik in diesen Bildern, Bewegung, die aus der Natur selbst kommt oder die die Künstlerin in die Welt projiziert und die eine poetische Geschichte erzählt.

Dies zeichnet die Kunst Sylvia Graupners aus. 1973 geboren, hat sie Bühnenbild an der Hochschule für Bildende Künste in Dresden und Illustration an der Hochschule für Grafik und Buchkunst in Leipzig, unter anderem bei Volker Pfüller, studiert. Das von ihr illustrierte Kinderbuch von Hubert Schirneck »Kiri

Wal zählt die Sterne« wurde in die Ehrenliste des österreichischen Kinder- und Jugendbuchpreises eingetragen, ihr Bilderbuch »Meine erste Hochzeit« gewann als Zeichentrickfilm den italienischen *Pulcinella Award*. Einige der von Sylvia Graupner illustrierten Bücher wurden in mehrere Sprachen übersetzt. Sie hat zahlreiche Schulbücher illustriert, um die man die Schulkinder wohl beneiden kann, zumal sie die richtig in die Hand nehmen und nicht nur am Bildschirm anschauen können. Sylvia Graupner schreckt auch nicht vor schwierigen Themen wie Karl Schmidt-Rottluff oder der Magnetresonanztomographie zurück.

In Sylvia Graupners Bildern leuchten die Trauer und der Schmerz um die Vergänglichkeit des Schönen, das jedoch in ihren Bildern gerettet wird. Ihre Bilder sind wie die Antwort auf die Frage der bulgarisch-französischen Philosophin Julia Kristeva: »Kann das Schöne traurig sein? Ist die Schönheit untrennbar mit dem Vergänglichen und damit mit der Trauer verbunden? Oder ist das Schöne das Objekt, das unermüdlich nach Zerstörungen und Kriegen zurückkehrt, um zu bezeugen, dass es ein Überleben nach dem Tod gibt, dass Unsterblichkeit möglich ist?«

Unsterblichkeit ist möglich, weil das Menschliche unsterblich ist – wenn sich die Menschen darum bemühen. Diese Bilder erzählen von Menschen und davon, was und wie Menschen sein können: Glücklich und traurig, hässlich und gemein, lustig und manchmal auch irgendwie fischig. Nicht zu fassen sozusagen. In jedem dieser Bilder steckt eine Geschichte – man muss sie nur finden. Sie zu suchen, dazu regen die Bilder an. Manche Bilder haben ihre Geschichte schon gefunden – und manche Geschichten erzählt sie inzwischen auch selbst. Sylvia Graupners Bilder wirken »leicht«, so, wie das Einfache, das – nach Bertolt Brecht – schwer zu machen ist. Sie haben oft etwas Transparentes, Schwebendes – um zu schweben, muss man leicht sein, und Schweben, das ist ja fast wie Fliegen, und Fliegen, das ist schwer – für Menschen und für Fische. Diese Bilder haben etwas, das nicht viele Bilder haben: Güte und Weisheit, eine Weisheit des Herzens, eine verschmitzte Güte, manchmal eine verständnisvolle Ironie und manchmal staunenden Spott. Sie wollen nicht verletzen oder verurteilen, sie maßen sich nichts an, sie sind dem Leben da draußen, das so vielfältig, so schön ist – mit all seinen Häss-

Blaue Tür, Mischtechnik, 21 x 29 cm, 2008

lichkeiten – abgelauscht, setzen ihm einen positiven Entwurf voller Poesie und Phantasie entgegen oder fügen ihn dem Leben hinzu.

Sylvia Graupners Bilder sind wie die Hoffnungsschimmer am Ende sehr langer, der fremdverschuldeten und der selbstgebau-

Im Boot, Mischtechnik, 21 x 29 cm, 2011

selbstgebauten, ganz besonders dunklen Tunnel, sind wie die Erfüllung einer dieser Wünsche, die nur durch eigenes Zutun wahr werden:

Abwarten und Tee trinken, Mischtechnik, 21 x 29 cm, 2008

Wenn ich mir was wünschen dürfte
Dann wünschte ich mir unterm Strich
Kein Mensch soll jemals so traurig sein
Nie so verletzt und nie so allein
Dass zu hoffen nichts mehr übrig ist.

Mauersegler, Mischtechnik, 21 x 29 cm, 2017

Weg 17, Mischtechnik, 21 x 29 cm, 2021

Weg 14, Mischtechnik, 21 x 29 cm, 2021

Zaubern, Mischtechnik, 21 x 29 cm, 2024

Hoffnung, Mischtechnik, 21 x 29 cm, 2022

Weg 13, Mischtechnik, 21 x 29 cm, 2021

LEONIE KÖHLER **Löschpapier. Vier Gedichte**

Löschpapier

Aufgeweichte Farben in der Hitze
Regenbögen flimmernd über
kochendem Asphalt
der Abend tropft wie Saft von
reifen Aprikosen auf die Dächer
weiche Bildermassen werden knetbar
und so form ich einen feuchten Mund
ins rauschende Versteck der Büsche:
eine Insel mitten auf dem Löschpapier
die alles andre an sich saugt:
den Tag der Kirschen und den Nachtbus
in das Stadtrandland die schmalen
Stiegen Hinterhöfe Dreck und feuerrote Blumen
Zimmer klein wie Marken dorthinein setz' ich
den Urknall: in die blauen Stoffe
der Gardinen und in einem Pappkarton
– vier Wände, Stuhl und Bett –
entsteht ein stillgelegtes Universum

Rückkehr

Himmel über den Dächern
zitternde Wipfel im Licht
das Birkenlametta:
rauschender Glanz
vor der Grenze der Dinge
dem längsgezogenen First
und nur die Schwalben darüber
in ihren Schwalbenspielen
das Segeln am Wind

das Flattern
das Gleiten in allem
was weit über den Köpfen beginnt
der Himmel von hier

Einer

Einer hat meine Zunge gespalten
in zwei Hälften spreche ich nun
bin Schlange winde mich
aus einer Haut verhornter Tage
deckungsgleich mit meinem Umfang
lege neue Schichten frei an Schuppen
glatten Bildern Mustern
eingraviert
auf meiner Oberfläche

Einer legt mir einen blauen Mantel um
flicht mir das Haar zur Krone
geht aufs Feld sucht Ähren
setzt mir Blumen in die Augen ein
kniet nieder
legt sich schlafen

Einer will mich tanzen sehn
trinkt Wein aus meinem Mund
säht Mohn auf meinem Bauch
das Herz schlägt Schaum
an diesen Tagen
Schaum
der auf die Lippe fliegt

Alle suchen ihren Namen
eingebrannt in meine Schlangenhaut
sie nehmen ihn wie ein Geschenk
sie legen ihn auf ihre Brust
sie atmen
unter dem Gewicht

Schreibtisch

Mein Schreibtisch
steht vor dem Fenster
das nach Süden geht
die Sonne legt sich
auf das helle Holz
und der Lärm der Stadt
ist ein fernes Rauschen

Manchmal
fallen die Strahlen
im richtigen Winkel durchs Glas
das Licht bricht auf
wird einen Moment lang
zum Regenbogen
fächert sich
in reine Spektralfarben auf:
Ordnung die sonst
im großen Getriebe
unsichtbar ist –
drei gläserne Sekunden
der Klarheit
bevor sich der Winkel verschiebt
und die Farben
verschwinden

Entlang der Elbe

Der schwere graue Strom, ihr breites Fließen,
das Strömen und die Strömungen im Fluss,
die Richtungswechsel, die sie nehmen muss,
die Maschen, die sich nicht zu Kreisen schließen,

die Biegungen und Schlingen, Schlaufen, Schleifen,
durch die sie sich mal zwingt, dann läuft und schleift,
das Land, nach dem sie immer wieder greift
und das nicht müde wird, nach ihr zu greifen,

das abgerutschte Ufer und die Sandbank,
durch die sie wühlt und pflügt und dringt und drängt,
sich drückt und zwängt, das Land, das sie beengt,
im Sommermonat, als der Pegelstand sank,

die Hand am Ufer keinen Wasserrand fand,
die Elbe schwand, nur Fäulnis und Gestank
war da so imposant wie eben blank
ein Hungerstein, der nun an ihrem Strand stand,

wo mancher Turm war und so manche Grenze,
und die so mancher große Kahn befährt,
als Wasser und als Abwasser bewährt,
in ihrer breiten Länge, tiefen Gänze,

mit ihren Strömungsmustern, Wirbeln, Falten
und glatten Fenstern, Augen, aufgeraut,
geriffelt und gerastert, Gänsehaut,
von einem zarten Hauch, von einem kalten

beleckte und gescheckte Spiegelflächen,
die Wellen längs und quer zur selben Zeit,
ein Zitterbild, nicht nur, wenn es mal schneit
und friert, durch das die schweren Fähren brechen.

Die Frau des Gärtners

Die Frau sieht ihren Mann am Baumstamm lehnen,
der dann beginnt, die Arme auszustrecken,
um sich hinauf zum ersten Ast zu dehnen,
zu räkeln und zum zweiten Ast zu recken,

der dann beginnt, die Glieder zu verschlanken
Gefäße, Sehnen, Nerven zu verengern,
um sich durch das Geäst empor zu ranken
und sich bis in die Krone zu verlängern,

die sieht ihn sich auf diese Art verzweigen,
verästeln und auf immer neuen Wegen
zu wachsen, in das Dach des Baumes steigen,
und Ranken um die zarten Wipfel legen.

Die sieht ihn also treiben und betrachtet
sein Treiben ohne irgendeinen Nutzen,
entscheidet aber erst, als es dann nachtet,
ihn wieder auf sein altes Maß zu stutzen,

den eingekürzten Gatten, der im Garten
am Morgen bei den Bäumen steht, mit denen
er nichts zu tun hat, außer abzuwarten,
den sieht die Frau an einem Baumstamm lehnen

Auf dem Zenit der Milch- und Fleischpreiskrise entwickelte meine Tante ihre Acrylmaltechnik neu, legte damit den Grundstein für ihre Bilder der frühen 2000er Jahre. Sie malte so viel, ihr gingen die Materialien aus, und sie stahl ihrer Schwester – meiner Mutter – frühmorgens die noch ungelesene Zeitung, um diese zu Leinwänden zu verarbeiten. Faltete die Lokalnachrichten aus, strich sie glatt, fügte sie zu gewünschten Formaten zusammen, befestigte alles mit Kreppband in Längs- und Querrichtung, schlug die Ränder um einen provisorischen Lattenholzrahmen, Lage über Lage bis es stabil und torsionssteif war, begann dann weiß zu grundieren, alles in Schweigen, alles unter meinen wachen Augen. Ein wiederkehrender Anlass für Streit zwischen meiner Tante und meiner Mutter war der Versuch, alles im Haus für Kunst zu verwerten, zu entwerten, aufzuwerten – je nach Sichtweise. Sie nahm eine Perlenkette auseinander, ein Erbstück, um einen dynamischen Effekt in einem Stillleben zu erreichen, zerschnitt Fotoalben, auch die Negative, für Collagen oder zerschmiss hitzebeständige Keramik, meist Unikate von Töpfereimärkten, für Installationen. Jede neue Meldung des Ministeriums über Subventionsneuverhandlungen hieß Entscheidung über unseren landwirtschaftlichen Betrieb, hieß Ruin oder Rettung, hieß, meine Mutter war entsprechend reizbar, mehr als sonst. Es folgte eine laute, dann eine sture halbe Stunde, gefolgt von der Einwilligung meiner Mutter, zum Kunstbedarfshandel in der dreißig Kilometer entfernten Kreisstadt zu fahren. Meine Tante hatte keinen Führerschein gemacht und wird ihn aufgrund ihrer Krankheit auch nie machen dürfen. Die beiden kamen wieder mit Eis für alle und einer guten Laune, die niemand hätte vorhersehen können. Ich nahm mir ein Erdbeerwaffelhörnchen, schleckte zaghaft.

Am nächsten Tag kam ich vom Gymnasium nach Hause. Meine Mutter trug Kübel um Kübel aus dem Stall und goss Milch in den Güllekanal. Sie ächzte, zerrte sich aus, unterjochte, stutzte sich, in Scham, vielleicht Trotz. Und sie rief mich *Punkt am Horizont*, ich solle ihr helfen, und ich half, nahm den anderen Henkel und wuchtete Edelstahlkübel. Wir vergossen die Milch, exerzierten maladaptive Bewältigungsstrategien durch, gegenüber etwas, das ich nicht verstand – warum wir das taten, warum es getan werden musste. Meine Mutter setzte sich, Schweiß überall, ihr blieb bloß Schimpfen, das allzu leicht in gebrochene Stimme torkelte.

Der landwirtschaftliche Betrieb brauchte tägliche Aufmerksamkeit, auch sonntags. Meine Tante war mitten in einem neuen Bild, das sich verlangte, wie immer, zögerte so einen Klinikaufenthalt hinaus, zu dem man ihr schon vor Jahren geraten hatte. Ich lag im Wintergarten, las, und meine Tante fragte mich, was ich von ihrem neuen Bild hielt. Egal, was ich sagte, sie sprach mir jede Ahnung ab. Ihr eigenes Können sei ungenügend und lächerlich. Meine Mutter konnte meine Tante überreden, sich einmal im Quartal von einem Arzt untersuchen zu lassen. Am Nachmittag waren beide fort, wir anderen leerten den Geräteschuppen, in dem sich keine Geräte befanden, nur fertiggestellte Kunst und fuhren zig Bilder zum Werkstoffhof. *Damit es nicht überhand nimmt*, hieß es. Es folgte eine Zeit, in der meine Tante niemandem vertraute, alles verschmähte, außer kaltem schwarzem Tee, Zigaretten und ein paar Birnenstücken pro Tag. Wagte ich, den Wintergarten zu betreten, verfiel sie in Tiraden, meine Mutter wolle mir nur schaden, sei eine fürchterliche Person, würde sich in ihrer Kleingeistigkeit wiederkäuen, eher alles zerstören, als zu versuchen, etwas zu retten. Meine Tante stellte nie etwas von ihrer Kunst aus oder verkaufte es. An ihren schlechten Tagen tat es ihr leid, das und alles. Sie sagte dann immer wieder *Niemand hat mich verdient. Niemand hat mich verdient.*

Meiner Tante waren Fragen ihrer Kunst wichtiger als Landwirtschaft. Sie ernährte sich vegan, spottete über die Inkonsequenz meiner Mutter, wann immer diese weinte, kaum dass ein Tier geschlachtet, in etliche Gefrierbeutel verpackt, in den großen Truhen im Keller Platz gefunden hatte, wir am Tisch saßen, das erste Mal vom Tier aßen, sie behauptete, es geliebt zu haben. *Wenn Tiere töten, dann dazu stehen,* hieß es. Meine Mutter warf mit bloßen Händen gekochte Kartoffeln nach ihr. Meine Tante fragte, ob sie sich nicht erinnern könnte, wie sie ihr Geld verdiente. Niemand in unserem Haus sprach in kunstinteressierter Weise über die Arbeit meiner Tante, betont wurde lediglich Zeit-, Geld- und Raumverschwendung. Die beiden Schwestern waren sich, jede für sich, einig, dass die jeweils andere absolut keine Ahnung hatte, was sie mit und in dieser Welt anrichtete. Nur das eine Mal, im vermeintlich Unbeobachteten, starrte meine Mutter gebannt auf ein großformatiges Landschaftsgemälde mit brennendem Kirschgarten, hydraulischem Grundbruch, Hagelschäden – meine Tante malte überlebensgroß und hochdramatisch – als wünschte sie sich Trost, Schutz, so etwas wie Festhalten. Meine Mutter erschrak, als sie mich im Türrahmen sah, erfand einen Vorwand, was sie im Atelier machte, vielleicht wusste sie es damals auch schon, mir teilte man wichtige Dinge nur spärlich mit, stets spät, wenn es denn überhaupt eine kindgerechte Erklärung gab.

In den Sommerferien durfte ich einen Theater-Workshop besuchen. Er fand nicht unweit des Hofs statt, die meisten anderen Kinder kamen aus der Stadt und waren sichtlich angeekelt von der güllegetränkten Landluft. In der Vorstellungsrunde gefiel ich mir darin, aus einer Schauspielfamilie zu stammen, betonte es nachhaltig und oft, machte so den ganzen Workshop zu einer Rolle für mich. Abendessen um Abendessen wurden die Anekdoten umfangreicher, die Fragen der Kinder genauer – sie witterten die Lüge –, und ich zählte die Tage, konnte froh sein, dass alles nur eine Woche dauerte. Auf dem Parkplatz wartete ich ängstlich, ob mich der alte Kombi verraten würde mit den Mistspuren an den Seitentüren oder die ausgelatschten Gummistiefel und eingesaute Latzhose meiner Mutter. Ich wünschte mir so sehr, einfach in eines der normalen Autos einsteigen zu dürfen, in ein anderes Leben einwilligen zu können, mit Geschenken an Ostern und ohne die fuchtelnde Drohung, noch Kälberställe ausmisten zu müssen. Als irgendwann alle fort waren und ich alleine in der Dämmerung stand, wusste ich schon, dass etwas nicht stimmte.

Sie hatte die Kapelle geschmückt mit den falschen Bildern. Aber ich sagte nichts. Vielleicht brauchte sie das, war es für sie doch schwer genug, Dinge auszusprechen, keine Silbe zu viel, kaum mal ein ganzer gerader Satz. Es war der Versuch einer großen Geste, ihre Kunst als Entschuldigung in Erwägung zu ziehen, spät eine Eintracht herzustellen, zu der sie sich zu Lebzeiten außerstande gesehen hatten, einmal süße Sahne abzuschöpfen, das Terrain weicher als gewöhnlich auszuleuchten. Das Aufwühlende, Brechende, die Axt, das Eis fehlten. Es blieben Felder, Rinder, Morgentau, Abendsonne, Traktoren, ein Porträt meiner Mutter, in der Summe eine romantische Version von einem Bauernhof aus alten Zeiten. Später, als ich selber Wörter suchte, um zu rebellieren, würde ich mich ärgern, stumm geblieben zu sein. Meinte, man täte ihr Unrecht, in einem Akt der Verklärung, Verblendung, Vertuschung. Wünschte, ich hätte den Mumm gehabt, nach vorne zu gehen, um vor der erweiterten Familie, den Dorfbewohnern, der Pastorin, dem Organisten, stellvertretend für meine Tante allen ihre vollste Verachtung auszusprechen, anstatt wie ein artiger Chorknabe die Hand meiner Mutter zu umklammern, erstarrt vor so vielen trauernden Erwachsenen.

DOCTOR hält ihm den Hut hin. *Was ist das Herr Hauptmann? Das ist Hohlkopf! Ha?*
HAUPTMANN macht eine Falte. *Was ist das Herr Doctor? Das ist. 'ne Einfalt. Hahaha!*
(Georg Büchner, 1813–1837, »Woyzeck«)

Die Wurzel des Wortes »Einfalt« bedeutet »einfach« oder »schlicht«, meint also nichts Negatives. Aber *die* Einfalt? Man denkt etwa an die heilige, kindliche, solide und rührende Einfalt. Oder an Winckelmanns edle Einfalt, bei ihm freilich gepaart mit stiller Größe.

Johann Christoph Adelung erklärt die Einfalt so: »In Ansehung des Verstandes, bezeichnet sie einen Mangel desselben, es mag nun derselbe aus einem natürlichen Unvermögen, oder aus Unwissenheit und Ungeschicklichkeit herrühren. In beyden Fällen bringt dieses Prädicat demjenigen, von welchem es gesagt wird, wenig Ehre.«

Es waren, so scheint es, die Einfaltspinsel zu Adelungs Zeiten (1732–1806) Einzelerscheinungen.

Schaue ich in die Auslagen von Buchhandlungen, lese ich die Bestsellerlisten oder Lektüreempfehlungen in Tageszeitungen – am schlimmsten sind »Sommerurlaubs- oder Weihnachtsempfehlungen« von Zeitungsredaktionen, fein in Rubriken angeordnet (Thriller, Unterhaltung, Fantasy, Liebe usw.), dann begreife ich den alten Meister Anton in Friedrich Hebbels (der wie Büchner 1813 geboren wurde) Drama »Maria Magdalena«, der resümiert: »Ich verstehe die Welt nicht mehr.« Freilich geht es mir nicht um den tödlichen Moralismus dieser Figur, sondern um den Punkt, an dem man, wie es heute heißt, »aus der Zeit gefallen« ist. So fühle ich mich angesichts dessen, was oft zum Lesen und Sehen angeboten und für »in« erklärt wird: Krimi, Horror aller Couleurs mit grinsenden Vampiren und zerfetzten Leichen, acht Bände Hexen-Mystery-Thriller, Seichtserien und Geschichtsflitter.

Selbstverständlich erscheinen auch andere Bücher, die man braucht für die Long- und Shortlists zu Messeanlässen. Auf solche Listen muss es die Verfasserin oder der Verfasser «schaffen«. Songs schaffen es auch bis in die Hitparaden oder in den ESC. Wie beim Sportwettkampf werden Finalisten und Sieger ermittelt und bejubelt, auf Lesungen wird darauf verwiesen. Im »Book-Shop« ausgelegte Bücher werden mit reklameträchtigen Bauchbinden versehen. Rezensenten lesen und beurteilen in unmenschlich kurzer Zeit alle diese Werke.

Das Siegerexemplar nebst Urheber wird vielleicht vier Wochen lang durch die Feuilletons geschleppt, verkaufsfördernde Jubelsätze werden kreiert: »Das Beste seit … Gänsehautgefühl pur … davon bitte mehr …« Unmöglich macht sich, wer in seiner Rezension eines solchen Werkes etwas auszusetzen findet. Er schmälert den Verkaufserfolg. Solche Rezensenten werden von der Presseabteilung des jeweiligen Verlags künftig übergangen: »Wir haben es mit Ihnen versucht, aber leider …«, bekommt man mitgeteilt. Ist die Messe vorüber, setzt das Vergessen ein. Wie viele Leser hatten nun die Sieger oder die Werke der anderen Finalisten? Wie viele Gymnasiastinnen, Berufsschüler oder Studierende wurden damit konfrontiert? Erstaunlicherweise scheint selbst den Schriftstellern das egal zu sein. Hauptsache: Das Buch ist in der Welt, und man kann sagen: »Ich habe es geschrieben, ich kann mich auf eine Stadtschreiberstelle bewerben.«

Die grandiosen Möglichkeiten, Texte in Buchgestalt, etwa auch als E-Book, zu edieren, ließen Dämme brechen: Bücher, Bücher, Bücher – jeder schreibt ein Buch. Auch wer es gar nicht kann, schreibt ein Buch. Die Floskel: »Darüber könnte ich ein Buch schreiben«, tritt jeden Tag den Wahrheitsbeweis an. Wichtig ist in jedem Fall: Es muss *emotional* zugehen.

Man kann sich auch ins Reich der »Fantasy« begeben mit der Herstellung öder Fortsetzungssagas mit aufgedunsenem, unlogischem Inhalt, sprachlich auf einem Niveau, das zum Rotstifteinsatz drängt. Ein entzücktes Publikum lädt sich das herunter, lässt sich auf den Workshops der Buchmessen in Dreißigminutensitzungen erzählen: »Wie man erfolgreich Bücher schreibt.« Von heiliger oder kindlicher Einfalt kann keine Rede mehr sein. Weder auf Leser- noch auf Schreiberseite.

Jedoch: Es wird mir, wenn auch karg, etwas geboten, was mit Literatur noch zu tun hat, es wird mir etwa eine Geschichte erzählt. Den Ehrgeiz, dies zu tun, verspürt eine neue Schreiber-Spezies nicht. Das sind die Kolumnen-Verdichter. Kolumnen findet man in Tageszeitungen, etwa als Wort zum Tage: «Guten Morgen, liebe Leserinnen und Leser. Haben Sie auch das schöne Wetter der letzten Tage genossen? Habe ich Ihnen schon erzählt, was meine Katze so alles anstellt? Geht es Ihnen auch so, dass Sie von Zeit zu Zeit …?«

Hat man rund 60 Kolumnen veröffentlicht, wird es Zeit für ein Buch. Das stellt eine ortsansässige Druckerei gern her, Lektorat und Korrektorat spart man meistens ein, das ist kostengünstig. Einen Monat später Buchpremiere mit nachfolgenden Lesungen und Signierstunden, wozu man sich vielleicht in das Schaufenster des Buch-Shops setzt. So wird man: Schriftsteller!

Der Haufen ungelesener Bücher wächst und wächst, zumal literarische Ignoranz heute zu dem guten Ton gehört, der auch mit einem völligen mathematischen Unverständnis oder der Abwahl des Chemiekurses protzt.

Freilich wird einem mitunter ein Bein gestellt. Einer meiner Onkel, der nicht müde wurde, das Lesen von Büchern für »überkandidelt« zu erklären, wurde beerdigt mit Zitaten aus Werken von Albert Camus und Jean-Paul Sartre, deren der Trauerredner und offenbare Existenzialismus-Fan, mehrere in seine Ansprache einflocht.

Oder eines Tages kommt jemand, vielleicht ein Abgeordneter, im Beisein der Presse in die Lage, einem anwesenden Landrat lobhudeln zu müssen. Man preist dessen Diensteifer, seine Geradlinigkeit, seine geradezu preußische Akkuratesse, kommt darauf, dass bereits Fontane einen solchen Landratstypus in dem Roman … der Redner stockt: »Titel fällt mir gerade nicht ein, ich kann mir so etwas schlecht merken.« »Effi Briest«, wirft jemand ein. »Stimmt! Es war der Baron Ittenstein. Er fällt mir ein, wenn ich an Sie denke.« Der Geehrte lächelt, und es bleibt offen, worüber. Da die Episode ein paar Jahre zurückliegt, darf ich sie erzählen. Heute dürfte der Zuruf des Titels ausbleiben, denn wer liest noch Fontane? Ich weiß nicht, ob Gymnasiasten noch dazu verdonnert werden oder ob Fontane gleich Thomas Mann als zu schwer aus dem Lektürekanon getilgt wurde.

Gewichtiger sind heutzutage Kochbücher oder Rezepte. Denn hier ist Kreativität gefragt. Man kann zum Beispiel, bevor man für eine Tageszeitung die Verfertigung eines *leckeren* Heringssalates beschreibt, auf Warlaam Schalamow und seine Bücher über den GULAG an der Kolyma, eine der großen Höllen des 20. Jahrhunderts, zu sprechen kommen. Man erzählt nach, wie Menschen im GULAG eine Heringshälfte mit Haut und Gräten bekommen – und das nur jeden zweiten Tag, bei Frostgraden, die sich Mitteleuropäer nicht einmal vorstellen können. Dann zählt man die Zutaten für einen Heringssalat nach deutscher, gutbürgerlicher Küche auf. Und wünscht abschließend einen guten Appetit.

Dies zur Kenntnis nehmend, denkt man wieder an Woyzeck, der sagt: »Herr Doctor, es wird mir dunkel«, und der das Gefühl hat, *es* sei hinter ihm gegangen, bis vor die Stadt. Da wird einem klar, dass die Hexen-Mystery-Thriller gar nicht so fern sind. Und bleibt wie Meister Anton »sinnend stehen«.

Anmerkung: Aus Georg Büchners »Woyzeck« wird zitiert nach »Deutsche Literatur von Lessing bis Kafka«, Studienbibliothek, hrsg. von Mathias Bertram, Directmedia, Berlin 2004; die Definition Adelungs aus »Grammatisch-kritisches Wörterbuch der Hochdeutschen Mundart«. Elektronische Volltext- und Faksimile-Edition nach der Ausgabe letzter Hand, Leipzig 1793–1801. Directmedia, Berlin 2004; aus Friedrich Hebbels »Maria Magdalena« nach »Hebbels Werke in drei Bänden«, Aufbau Verlag Berlin und Weimar 1971, Bd. I, S. 178.

KATHRIN SCHMIDT Ach, Doris …

Nachruf für Doris Claudia Mandel

Der Hallenser Schriftstellerin Doris Claudia Mandel konnte, zumindest in den zwanzig Jahren, in denen ich sie kannte, ein Ruf kaum vorauseilen: Sie fühlte sich nicht mehr zu Hause in den ihr einst wohl vertrauten literaturbetrieblichen Strukturen Sachsen-Anhalts, und sie lebte, zurückgezogen, in materieller Armut. Zwei der Gründe, der einst geliebten wöchentlichen Kneipenrunde mit Kollegen zu entsagen. Zwei der Gründe, das Haus nur selten zu verlassen, um sich mit anderen zu treffen. Dabei gab sie sich durchaus Mühe, hinauszugehen: Sie liebte lange Spaziergänge und Wanderungen, durch Halle, Merseburg und angrenzende Landschaften.

Doris Claudia, geboren als Rüdiger Dirk Mandel am 24. November 1951 in Merseburg, studierte nach Abitur und Berufsausbildung Germanistik und Musik an der Martin-Luther-Universität Halle-Wittenberg, um Lehrerin zu werden. Danach jedoch arbeitete sie lieber in der Wissenschaft, gründete Zeitschriften und Verlage, sang bei den Hallenser Madrigalisten oder übernahm für zwanzig Jahre, bis 2001, die künstlerische Leitung des Kammerchores Leuna. Der Musik hatte sie sich ebenso verschrieben wie der Literatur.

Ihre Nachdichtungen der den Werken »Axion Esti« und »Sadduzäerpassion« des Komponisten Mikis Theodorakis zugrundeliegenden, griechischsprachigen Texte von Odysseas Elytis und Michalis Katsaros hatte ich, lange, bevor ich sie kannte, staunend wahrgenommen. Den Zyklus »Cheretizmi« schuf Theodorakis gar nach Mandelschen Originaltexten, er wurde 1983 in der Volksbühne Berlin uraufgeführt. In den 80ern entstanden auch mehrere abendfüllende Stücke für Sprech- und Musiktheater, die vom *Landestheater Halle* und dem *neuen theater halle* inszeniert wurden.

Mandels langer Weg zur Frau, als die sie sich fühlte, nahm nach 1989 an Fahrt auf. Einen Meilenstein passierte sie 1991 mit dem Eintrag der Namensänderung. Zwei Jahre sollte es dauern, bis die von ihr selbst als »so genannte Geschlechtsangleichung« bezeichnete Phase beendet war. Anfangs, so erzählte sie mir, habe sie Wert auf eine weibliche Ausstrahlung gelegt, Kleider, Röcke und sogar hochhackige Schuhe getragen, das Haar gut frisiert und das Gesicht aufwändig geschminkt. Als ich sie 2004 kennenlernte, als Mit-Stipendiatin im legendären Schloss Wiepersdorf bei Jüterbog, war das längst vorbei. Sie bevorzugte, schon aus finanziellen Gründen, bezahlbare Kleidung im Unisex-Stil.

Ein ganzes Regalfach in meinem Hause füllen ihre in den letzten Jahren zumeist im Selbstverlag herausgegebenen Bücher. Sie schrieb deutlich mehr als ich und erfuhr von Verlagen keine Beachtung. Zweifel am eigenen Können wechselte mit Empörung über ausbleibende Kenntnisnahme durch hoffnungsvoll angeschriebene Verlage. Nur der Südwestbuch Verlag veröffentlichte 2012 ihren Krimi »Unter den Maulbeerbäumen«. Den Verwertungsbedingungen der Ware Literatur auf dem hiesigen Literaturmarkt hätte sie im Grunde ebenso gern entsprochen, wie sie sich ihnen letztlich verweigerte. Dass allerdings auch ihr – für mich – hervorragender, kenntnis- und erfahrungsreicher Essay »Die Zähmung des Chaos« zur Transsexualität im Selbstverlag erscheinen musste, ist kein Ruhmesblatt des deutschen Verlagswesens. Immerhin ist er, wie meine Recherchen belegen, in vielen Bibliotheken nach wie vor erhältlich. Überhaupt war Mandel Insidern des Literaturbetriebs wohlbekannt, und das wohl eher nicht aufgrund ihres nahezu enzyklopädischen Wissens. So war sie 2002 Stadtschreiberin von Halle, 2004 Stipendiatin in Wiepersdorf, erhielt 2008 ein Arbeitsstipendium der Kunststiftung Sachsen-Anhalt und den 2. Preis beim Landespreis für Volkstheaterstücke Baden-Württemberg.

Nach einer kurzen, geradezu galoppierenden Krebserkrankung ist Doris Claudia Mandel am 26. Mai 2024 in Chemnitz, wo eine ihrer beiden Töchter lebt, verstorben. Auf ihre Zwillinge und die insgesamt fünf Enkel war sie zu Recht vorbehaltlos stolz.

Ihr, der kein Ruf vorauseilte, kann nur noch nachgerufen werden. Ich tue es in großer Verbundenheit: Ach, Doris …

zeichnen nach der natur

unter dem niedrigen himmel aus blech der mich zwingt mich
zu ducken
zeichne ich ihren körper den polyphonen bis mir die finger
bluten ein bild
das ich mir mache als habe die wahrheit die meine ist geltung
aber die staffelei meiner schadhaften weiblichkeit übt verrat
die staffage
und das artistische ziel reiben sich auf beim versuch sich zu
erreichen
ein exorzismus (ich steche den schluss wie den grünen star)
die frau ist die fortsetzung
die frau das ende bin ich von etwas mit blutenden fingern
vorm leeren blatt
verzichtend taub ein clown musical der keins seiner zwölf
instrumente beherrscht
dem im flaum des frühlings kein schnurrhaar sich zuneigt
dessen mund
vergeltung zu fordern vergaß unter dem niedrigen himmel aus
blech
der glaube ist aufgefressen übrig nur trockene krumen des
wissens das misstrauen schürt
ich sei gar nicht ich kein polyphoner körper mit blutigen fingern
zu zeichnen
kein geist der gefesselt sein könnte bezaubert entflammt
ein nichts im dazwischen der mittel nicht herr in der
anpassungsklammer
staffelei und staffage meiner schadhften weiblichkeit üben verrat
es hat keinen zweck zu lügen mit den falschen farben auf den
lippen
es hat keinen zweck zu lügen unter dem niedrigen himmel aus
blech
es hat keinen zweck

Barockes Lied

Abend wird es wieder,
Hoffnung ist verscheucht.
Meine schweren Lider
schließen sich enttäuscht.

Wie soll ich entrinnen
üblichem Verdruss?:
Freundliches Beginnen –
gnadenloser Schluss.

Was ich früh ersehnte,
hab ich nicht vollbracht.
Was ich sicher wähnte,
war vertan vor Nacht.

Trost: Das noch Verfehlte
sporne stärker an.
Furcht: Mein Mühen gelte
einem falschen Plan.

Seht doch, ich verschwende
mich an das Geschick,
lasse Augen, Hände,
kriege nichts zurück.

Bald hat mich dies Leben
gänzlich einverleibt,
wird mir gar nichts geben,
weil von mir nichts bleibt.

Psalm, Pauluskirche im Oktober

Abgeschält die Fischschuppenhaut, die mich schützte,
die ausgedörrte, von meinen angstzuckenden Muskeln.
Ungehindert nun in das blanke Fleisch stößt
die Lanze der kreischenden Einverleibung.

Wenn die Weissagung ausbleibt,
verwildert das Volk und wird wüst.

Wem noch biete ich Wehrlose Widerstand?
Hingeschüttet mein Hirn wie Schmutzwasser.
Wo noch krallt meine hoffende Hand Halt?
Die Schwester, die Zunge gespannt wie ein Bogen, wird Lügen
abschießen.

Der Menschen Leichname sollen liegen wie der Mist auf dem Felde
Und hinter den Schnittern wie Garben, die niemand sammelt.

Gehetzt von der Apokalypse meines galoppierenden Herzens
Schnapp ich nach jeder Sekunde, jedem Wimpernschlag.
Trost verdämmert. Erlösung schießt gleich einem Atompilz
aus dem Boden.
Wovon aber erheischte Erlösung, die längst erlöst ist vom Ich?

(kursiv: Sprüche 29:18 und Jeremia 9:22, AT)

Heckenverschneiden

Sogar der Hausgarten kündet vom Sieg des neunziger Winkels:
Nachbarn in baumwollenem Zeug schnippeln mit Scheren herum.
Stöhnend sinken hinab vom Busche die saftigen Blätter,
die, gefallen, ein Drahtbesen furchtlos hinfort fegt.
Was immer wir treiben, den Wildwuchs zu stutzen:
Lüge fällt ab vom Stamm. Nackt steht zuletzt die Wahrheit,
wenn auch beschnitten.

(aus: Hallesche Autorenhefte 32, Doris Claudia Mandel, Halle 2002, der erste Text erschien im Jahrbuch der Lyrik, hrsg. von Christoph Buchwald & Kathrin Schmidt 2011.)

Kaum mehr als 20 Jahre nach Harald Gerlachs Tod wird die Vielfalt, Originalität und Qualität seiner literarischen Arbeiten kaum mehr wahrgenommen. Der von Ulrich Kaufmann herausgegebene Band mit Texten von und über ihn arbeitet dem Vergessen von Leben und Werk des in Schlesien geborenen, in Südthüringen verwurzelten und in Leimen bei Heidelberg gestorbenen Autors entgegen, und er stiftet Erinnerung an einen Schriftsteller, der unbeugsam seinen eigenen Lebens- und literarischen Weg beschritt.

Kaufmann stellt dem reich bebilderten Buch einen Prolog voran und folgt dann den »Stationen eines Dichterlebens«: Römhild und Umgebung, Erfurt, Rudolstadt und Leimen. Er beschreibt Gerlachs Dialog mit dem Erbe und versammelt Stimmen zum Abschied und Nachwirken des neben Wulf Kirsten wohl bedeutendsten Thüringer Dichters in der zweiten Hälfte des 20. Jahrhunderts. Dem Herausgeber gelingt es, wichtige Texte von Harald Gerlach und bereits über ihn publizierte Texte von Wulf Kirsten, Lothar Ehrlich, Heinz Stade, Georg Menchén, Henryk Goldberg, Kai Agthe, Angela Drescher, ihm selbst und anderen spannungsreich in Beziehung zu setzen.

Wulf Kirsten und Lothar Ehrlich zeichnen ein lebendiges Charakterbild Harald Gerlachs und erzählen von seinem literarischen Werk, in dem sich die Welthaltigkeit der »Provinz« spiegelt. Wulf Kirsten erinnert sich, wie er den jungen, in der Tradition Bobrowskis schreibenden Dichter an den Aufbau-Verlag vermittelte und wie sich bald die Mentor- in eine Freundschaft verwandelte. Sie speiste sich vor allem aus beider Leidenschaft, *die Welt mit Füßen ab- und auszumessen*. Gemeinsam erkundeten sie die Gerlach bestens vertraute Landschaft um Römhild, bestiegen, wie vor ihnen Hölderlin, den kleinen Gleichberg und wanderten durch Kirstens sächsische Heimat. 1998 folgten sie auf ihrer letzten gemeinsamen Wanderung mit einer Gruppe Gleichgesinnter den Spuren des visionären expressionistischen Dichters Jakob von Hoddis. Ein Jahr später erschien als Dokumentation dieser »Spurensicherung« der Band *Wandern am Abgrund. Jakob von Hoddis nachgegangen*.

Lothar Ehrlich hebt hervor, dass sich Gerlach wie Johann Peter Uz, über den er 1988 seine Novelle *Abschied von Arkadien* veröffentlicht hatte, *knechtisch nie geschmieget habe*, weder vor noch nach 1989. Interessiert habe er sich für die Außenseiter unter den Dichtern, für Johann Christian Günther, Jakob Michael Reinhold Lenz und Christian Dietrich Grabbe. Ein »großer Mann« sei er nie geworden, ein großer Dichter schon. In Lyrik, Prosa, Dramatik und (Funk-)Essay habe er gleichermaßen Bedeutendes geleistet. Damit ist ein Grundakkord angeschlagen, der sich leitmotivisch durch das ganze Buch zieht.

Ulrich Kaufmann interpretiert Gerlachs Johann-Christian-Günther-Gedicht *Tod in Jena*, dessen Schiller-Porträtgedicht, die beiden Lenz-Porträts und das nachgelassene Gedicht *Wolfs Brunnen*. Er würdigt Harald Gerlachs Prosa-Debüt *Das Graupenhaus* und Hans-Dieter Schütt dessen Verfilmung für das Fernsehen der DDR. Hendryk Goldberg erinnert an Gerlachs bedeutendsten Roman *Windstimmen* und Martin Straub an *Rottmanns Bilder*. Angela Drescher und Bettina Olbrich berichten, wie sie bis zuletzt mit dem todkranken Harald Gerlach an *Blues Terrano* gearbeitet haben. Matthias Biskupeks Rezension zu diesem Roman vervollständigt die Beiträge zum epischen Werk.

Kaufmann stellt Gerlach als Dramatiker und »Hausautor« des Erfurter Theaters und Schöpfer des Stationen-Dramas *Die Straße* und des Schauspiels *Die Schicht* vor, das 1984 erhebliche »kulturpolitische Turbulenzen« auslöste. Vergessen ist heute die Zusammenarbeit Gerlachs mit dem Leipziger Komponisten Karl Ottomar Treibmann. Sie führte zu musikdramatischen Werken, die es neu zu entdecken gilt. Gerlachs Text *Von der Lust, Oper zu machen* und die Interviews des Herausgebers mit Marlott Gerlach, der ersten, und Bettina Olbrich, der zweiten Frau des Dichters, bringen uns Lesern den »Theatermann Gerlach« näher. Sein enges Verhältnis zur Bildenden Kunst wird im Interview mit Jens Henkel beleuchtet, und in Harald Heydrichs Beitrag zum Band *Einschlüsse. Aufbrüche* wird erkennbar, wie Gerlachs Poetik mit Alfred T. Mörstedts Art, die »Welt zu sehen«, korrespondierte.

In den Leimener Jahren sicherte Harald Gerlach den Lebensunterhalt seiner Familie durch »Hörbilder« für den Süddeutschen Rundfunk. Die Beiträge von Ulrich Kaufmann zur »Heine-CD« und von Margrid Bircken zu einem Hörbild über Anna Seghers wecken den Wunsch, die Rundfunk-Essays einmal in ihrer Gesamtheit gewürdigt zu sehen.

Dem Andenken Harald Gerlachs gewidmete Erinnerungen von Christa Wolf, Angela Drescher, Annerose Kirchner und Richard Pietraß beschließen den materialreichen Band. Ganz im Sinne Gerlachs erfolgt seit 2009 die Verleihung eines Stipendiums, das seinen Namen trägt. Kaufmann berichtet, dass Ingo Schulze 2007 einen von E.ON gesponserten Thüringer Literaturpreis erhielt und in seiner Dankesrede zum Ausdruck brachte, dass er nicht als Werbeträger eines Konzerns auftreten möchte. Er wolle sein Preisgeld stiften, wenn der Freistaat Thüringen sich gleichfalls beteilige und ein Stipendium für begabte junge Autorinnen und Autoren ins Leben rufe. Texte von vier Stipendiaten bezeugen, dass die Inspirationskraft des Namenpatrons und seines Werkes bis heute fortwirkt. Jan Röhnert nähert sich Harald Gerlach mit dem Gedicht *Der Zustand reinen Schauens vor Zeitz*, und Ron Winkler wagt in Anspielung auf Gerlachs Debütband einen *zweiten Sprung ins Hafermeer*. André Schinkel widmet sich in einem tief lotenden Essay Gerlachs späten Gedichten, und Vera Vorneweg entwikkelt im Brief an Harald Gerlach Grundzüge einer eigenen Poetik.

Der Sammelband, für dessen Zustandekommen Bettina Olbrich dem Herausgeber hilfreich zur Seite stand, lädt ein, das Werk Harald Gerlachs neu zu erkunden.

Ulrich Kaufmann (Hrsg.): »Von der Welthaltigkeit der Provinz. Studien & Stimmen – von & über Harald Gerlach«, Bucha bei Jena: quartus-Verlag, 2024, 292 S., ISBN 978-3-94764-662-3, 24,90 Euro

SIMONE TRIEDER **Gelenkige Sprengsätze**
Marcus Klugmanns Debüt »Sie schläft. Sie geht neben dir her.«

Klugmanns Art zu Erzählen versperrt mir den Zugang zu einer klassischen Rezension. Ohne Plot kreist er um sich und andere Planeten, zwei Frauen und in kleineren Umlaufbahnen um Max und andere Freunde, vor allem aber zelebriert er Metaebenen zur Metaebene zur Meta… Ihm selbst fällt es in Interviews schwer, zu sagen, worum es in seinem Debüt geht, den er nicht Roman nennt, sondern geschickterweise »Fragmente aus der Gegenwart«. Die Inhaltsangabe überlässt er gelegentlich seiner Frau, dem wichtigsten Planeten in seinem Kosmos; seine Widmung im Buch lautet: »Für Miriam (wen sonst)«.

Ich kenne Marcus schon lange, zwei Jahrzehnte oder so und ich fand die ersten Texte wunderbar. Er ging darin offen mit seiner Sprachbesonderheit, dem Stottern, um, er spielte damit, kokettierte? Im Rückblick war das schon der Anfang zu dem, was er jetzt macht. In seiner Danksagung erwähnt Marcus als Erstes den Dichterkreis, wo wir uns damals kennenlernten, hatte Christian ihn mitgebracht? Als er dann am Literaturinstitut in Leipzig studierte, fing er mit dieser Art des Schreibens an, so ohne Inhalt, so nah an seinem eigenen Erleben, wie mir schien und mit tausend Fußnoten/Anmerkungen. Das, dachte ich damals – ich hatte gerade David Forster Wallace gelesen – guckt er sich ab, wirkt eitel und überhaupt dieses private Geplauder … Spoiler: Diese ersten Eindrücke werde ich gleich zurücknehmen!

Nun also, nach langem Warten, dieses erste Buch mit einem Titel – gleich zwei Sätze lang: »Sie schläft. Sie geht neben dir her.« Den hat er von Peter Kurzeck, sagt er. Seit ich das weiß, will ich mir mal einen Kurzeck holen. Aber immer wenn ich in der halleschen Unibibliothek am Steintor stehe, um das zu holen, was ich gerade brauche, denke ich, da war doch noch was, was ich lesen wollte. Marcus hat noch in der alten Villa der Germanistik in der Herweghstraße studiert, die mehrfach in seinem Buch vorkommt. Ich war dort oft in der Bibliothek, bin ihm aber nie begegnet.

Was mich sofort ansprang, war der Kassenbon auf dem Cover. Ja, die meist zusammengeknüllt weggeworfenen Kassenbons erzählen was. Bei Marcus gleich ein Stück Lebensgeschichte auf Seite 337: als »eine Art vorauseilender Nostalgie«. Er findet in einem Buch einen Kassenbon, der »auf zweitem Bildungsweg auf Lesezeichen umgeschult« hat. Miriam ist es, die weiß, was der Kassenbon aus ihrem gemeinsamen Leben erzählt. Anhand der aufgeführten Wraps erkennt sie: »Da haben wir Rushmore geguckt.« Ja, die Filme, sie ziehen sich wie Gondeln eines Kettenkarussells durch das Buch und öffnen zusätzliche Metaebenen (die mir verschlossen bleiben, da ich die meisten Filme nicht kenne).

Klugmann zu lesen ist nicht ganz einfach. (Weil er den Plot verweigert?) Doch, wer sich auf seinen Sound einlassen kann, folgt dem Sog, wird regelrecht besoffen, verliert sich in seinen sprachlichen Bildern. Die – das sage ich mit Enthusiasmus – ungewöhnlich, mehrdimensional, doch nie aufgesetzt wirken. Über Miriam sagt er auf Seite 229 zu sich selbst: »ihr Glaube an dich ist gelenkig.« Habe ich noch nie gehört und doch sehe ich sofort, was er meint. Ein faszinierender plastischer Umgang mit Wörtern, die anders geformt, aus Bekanntem komponiert, Neues hervorbringen, das den Leser, die Leserin beglücken kann. Eine wohltuende, ständig präsente Selbstironie nimmt der sich selbst bis in die letzte Zelle sezierenden Nabelschau (Seite 206) das Unangenehme, Voyeuristische.

Klugmann empfiehlt in einem Interview, das Wort »Aphantastiker« zu googeln. Wie – er ist ein Mensch, der keine Erinnerung hat, keine Bilder? Und daher seine Manie, alles zu notieren. Sein Tagebuch als »technisches Hilfswerk« und viele seiner Fußnoten/Anmerkungen beziehen sich auf die versagende Erinnerung, die sich beim Schreiben bzw. im Laufe der Zeit wegbewegt hat von dem ursprünglichen Ereignis. Ein Phänomen, das jedem halbwegs reflektiertem Menschen bekannt sein dürfte und bei Zeugenaussagen im Gericht oft hübsche Probleme bereitet. Klugmann lässt die Aphantasie Spielmacherin seines Materials sein. Manisch notiert er in seinem technischen Hilfswerk Beobachtungen, eigene Gefühls- und Körperregungen. Und das vor allem in Cafés. Mit »Sie schläft. Sie geht neben dir her.« könnte man in Halle einen Klugmann-Rundgang veranstalten, vor allem ein Café-Hopping. Nebst Personal und dort residierenden Dichtern, denen er verschiedene Denkmale setzt. Mittendrin dachte ich noch selbstgefällig, komme ich vielleicht auch vor? Komme ich nicht, leise Enttäuschung – hier würde Marcus den Satz abbrechen. So holt er das Stottern auch ins Schriftliche oder es ist eine Art erzählerische Ökonomie, man weiß ja, wie der Satz zu Ende geht. Bei seiner Art des Erzählens von Ökonomie zu sprechen, ist allerdings gewagt. Es ist eher ein mächtig mäandernder Fluss mit Steinen oder eben Brocken im Strom, bei ihm sind es »Bauklötze im Hals«. Anmerkung/Fußnote 90 auf Seite 190: »Bauklötze und zugleich Sprengsätze«. Unter diesen auf den ersten Blick Selbstbetrachtungen, -nachforschungen und auch -zerfleischungen – für Klugmann ist der Erstling »ein Buch mit Gewissensbissen« – breitet sich eine Weltsicht aus, ein Blick auf die Welt, ein Weltblick, so nah, so fern, der Humus, auf dem das Private sich emporrankt. Die Welt guckt ebenfalls aus den Metaebenen, den Büchern, den Filmen, den Diskussionen mit seinen Partnerinnen und Freunden.

Die Trägerin des International Booker Prize 2024 Jenny Erpenbeck nennt Klugmanns Erzählweise auf der Buchklappe werbend ein »Archiv der Wahrnehmung«. Sie war seine Mentorin am Leipziger Literaturinstitut. Schade, dass sie nicht mehr für dieses besondere Buch tun konnte. Umso verdienstvoller, dass der Leipziger Moses Schröter Verlag sich dieses Erstlings angenommen hat.

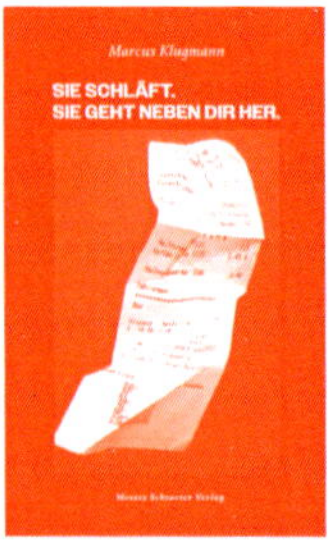

Marcus Klugmann: Sie schläft. Sie geht neben dir her. Roman. Leipzig: Moses Schröter Verlag 2024. Br., 400 Seiten, ISBN 978-3-94178-023-1, 22 Euro.

ANDRÉ SCHINKEL **Unterwegs mit Pok, Momo und Günther.** Ein neues Eichhörnchen-Abenteuer in »Mein bester bester Freund« von Olivier Tallec

Wie ist das mit dem besten, nein, dem besten besten Freund in der Welt? Das fragt sich das neue Kinderbuch von Olivier Tallec, in dem das dem Kundigen (sic!) bestens vertraute Eichhörnchen eben diesem Reiz nachgeht. Wie auch in den vorausgehenden schmal wie großformatig in einem daherkommenden, zaubrigen Schmökern und Guckern des Franzosen stellt sich das fuchsfalbe Nagetier einer der Fragen, die die Welt bewegen und sich dann doch oft ganz von selbst, nicht ganz ohne Lern- oder besser Begreifens-Effekt auflösen und den Lauf ebendieser auch fortgesetzt ermöglichen.

Das Büchlein, wunderbar in seinen Bildern und kleinen, das putzige Zahnrädchen der Geschichte, das ihm innewohnt, staunend Zahn um Zahn bewegenden Textportionen, ist soeben im Hildesheimer Gerstenberg Verlag in der Übersetzung von Ina Kronenberger erschienen. Es ist ein so sanftes wie lehrreiches Vergnügen, dem kleinen Nager bei der Entdekkung seines besten besten Freunds Pok zuzusehen; da ahnt man noch nicht, dass es zwei weitere Versuchungen des Eichhörnchens in Form der Mücke Momo und der Maus Günther (wer bis jetzt nicht wusste, dass Mäuse Günther heißen, wird nach diesem Buch abstreiten, dass es je hätte anders sein können …) gibt.

Die Frage des Büchels, das in so schöner Gestaltung auf den kleinen wie großen Leser kommt, beantwortet sich am Ende selbst; und das Wunder, dass es vielleicht (und gerade in dieser, nun, eben hochgradig wurstigen Zeit) gar nicht schadet, sich letztlich nicht entscheiden zu können, wer denn nun der beste Freund ist, vollzieht sich jenseits des Konflikts, den das Eichhörnchen mit einem, nun ja, quasi Freundes-Urteil des Paris auf sich zukommen sähe. Es ist eine Botschaft des größeren Glücks, wenn man unter Freunden nicht aussuchen kann und mag, wer denn nun der beste ist … Umgekehrt, also: unter Abgewandten einen Freund zu gewinnen, wäre es viel härter. Und so endet, wie man sich das wünscht, ohne Groll und Geschepper, sondern ergibt sich ganz aus den Unterschieden und Gemeinsamkeiten.

Gewinnend auch die Haltung des Eichhörnchens, nach einigem inneren Disput – herrlich und staunend und ökonomisch zugleich in den begleitenden Monologen des Eichhorns – die Sache laufen zu lassen. Dreimal dauert es ein bissel, bis das Tier den neuen Freund-Aspiranten anspricht, auch da hat die Wiederholung, der Klingklang der Ähnlichkeit in seiner Freundespirsch und in der Begegnung einen lieben Reiz. Letztlich ergründet das Buch, wie es auch im Rückentext heißt, das »tiefe Geheimnis der Freundschaft«: Jeder kann es begreifen. Jeder braucht am besten ein ganzes Päckchen beste beste Freunde. So ein schönes Buch. Nicht nur die Kinder, nein, auch die Erwachsenen sollen es lesen, auch die Dussel, Kettenrassler und Brüllaffen unter ihnen. Die grade. Dann muss letztlich nur noch die Welt in Ordnung kommen … Dass es ein Eichhörnchen vorlebt und die Poks (die sich darob wundern vielleicht) und die Momos und die Günthers, es möge auch uns Großsäugern zu denken geben.

Olivier Tallec: Mein bester bester Freund. Ab 4 Jahren, aus dem Französischen von Ina Kronenberger, Hildesheim: Gerstenberg Verlag 2024. HC, 40 Seiten, durchgehend farbig illustriert, ISBN 978-3-8369-6269-8, 15 Euro.

HOLGER USKE Lindigs lyrische Landschaften

Zum neuen Gedichtband »Am Rand entlang« des Ilmenauer Autors Harald Lindig

Harald Lindig ist seit Jahrzehnten eine markante Größe im literarischen Südthüringen. Mit seinen verspielten, phantasievollen und zumeist den gängigen Begriff gerade angesagter Literatur konterkarierenden Arbeiten stößt er immer wieder auf große Resonanz. So geschehen auch bei den Premieren seines neuen Gedichtbandes »Am Rand entlang« am 18. Juni 2024 in Ilmenau und am 19. Juni in Suhl. Wer Lindigs Auftritte kennt, weiß, dass er dabei nichts dem Zufall überlässt. Sein Vermögen, die Zuhörer auf seine poetischen Ausflüge mitzunehmen, ist beeindruckend und spiegelt sich in seinem im dr. ziethen verlag Oschersleben erschienenen 96-seitigen neuen Band. Lindigs thematische Vielfalt reicht von den letzten Geheimnissen der ihn umgebenden Thüringer Landschaft – zuweilen gespickt mit Kindheitserinnerungen – über eingestandene Distanz zu kommunikativen Verzerrungen bis hin zu tief durchlittenen Erfahrungen. Wie sonst käme Wahrheit ins Gedicht? Mit diesem Buch setzt der Autor einen weiteren Meilenstein auf seinem literarischen Weg.

André Schinkel aus Halle, der seit langem der Südthüringer Szene zur Seite steht, sagt zu der neuen Publikation in seinem Nachsatz: »Harald Lindig hat … über die Jahre eine ganz und gar eigene Stimme entwickelt und bewahrt – sein Gedicht ist scharf im Sinn und konkret wie poetisch in der Ansprache zugleich, changierend zwischen großer Sicherheit im Tritt und Aufbegehren für die Wahrheit in den Dingen.« Dem studierten Physiker Lindig gelingt es in seinen Texten, seine überbordende Phantasie in ein Spannungsfeld zu setzen zur allzu oft scheinbar banalen Wirklichkeit. In *Kopfbahnhof* heißt es beispielsweise: »Treppen fluten Vorhallen, / Katzen jammern hinter den Türen / der Schließfächer, / in den Höhlen der Unterführungen / lauert das Vorübergehen.« In *Wildnis* ist zu lesen: »Berge ballen / Permafrost-Fäuste.« Der Leser ahnt das Verhängnis, das hinter diesen Zeilen wohnt, das scheinbar einfach Gesagte birgt auch die Gefährdungen unserer Welt. Der Dichter Harald Lindig spielt subtil mit Wahrnehmungsmustern wie einst der »Kleinen Hufeisennase« (im Gedicht *Bumerang*), vermag aber ebenso die Schönheit des Augenblicks einzufangen wie in *Nach Mitternacht,* wo von einer weißen Katze »mit dem Halsband / aus Mondleuchten / unten am Gartentor« die Rede ist. Ebenso verfremdet er Erlebtes – und kehrt dabei zum Eigenen zurück, wie in *Durchs Moor* zu lesen: »hinter den Feldern / tröste ich die Roggenmuhmen / die ermattet an den Böschungen / der Wege liegen // sie aber helfen mir / aus meiner alten Haut«.

Lindigs lyrische Landschaften sind oft leicht im Ton, fast immer hintergründig, in jedem Falle aber überraschend in den poetischen Wendungen. Ihnen sind fünf Tuschzeichnungen und Kaltnadelradierungen des Zella-Mehliser Künstlers Frank Rothämel zugesellt, die den Blick auf die Wege am Rand entlang erweitern. So zugewandt Lindig auch agieren mag, sein Vertrauen in das Funktionieren der Gesellschaft hat, auch aufgrund seiner 70-jährigen Lebenserfahrung, deutliche Risse erlitten. Im Titelgedicht »Über den Rand« heißt es zum Schluss: »im Sonnenwind / Glutnester treiben / sorgsam unbewacht / Farben wechseln // sich hüten / vor den Menschen«. Diese lyrische Stimme aus dem Ilmenauer Ortsteil Manebach sollte als Bereicherung der mitteldeutschen Literaturlandschaft unbedingt Gehör finden.

Harald Lindig: Am Rand entlang. Neue Gedichte. Mit Grafiken von Frank Rothämel. Ausgewählt von André Schinkel. Br., Oschersleben: dr. ziethen verlag 2024. 96 Seiten. ISBN 978-3-86289-237-2. 15 Euro.

Autoren

REINER BONACK, *1951 in Senftenberg, er lebt in Magdeburg. DLL-Studium, freier Autor und vielfältige Tätigkeit im Kulturbereich. Zuletzt: *Die Mitternachtsnachtigall*, Norderstedt 2024.

LIANE BOSSE, *1960 in Schwerin, lebt in Weimar. Studium am Literaturinstitut in Leipzig, als Bibliothekarin an der HAAB tätig. Zuletzt: *Das Baumfenster*, Jahresgabe der LGT für 2019.

HEIDI BÜTTNER, *1962 in Blankenhain, lebt in Schalkau. Viele Jahre beim Meteorologischen Dienst in Potsdam tätig, daneben stets umfangreiche Arbeit als Autorin und Mitherausgeberin.

JONAS-PHILIPP DALLMANN, *1969 in Berlin, er ist als Autor, Architekt und bildender Künstler tätig. Mehrere Ehrungen, zuletzt der Erzählband *Die milchfarbene Haut der Türen*, Berlin 2019.

DIETMAR EBERT, *1953 in Großröhrsdorf, lebt in Jena. Studium Kulturwissenschaft, Promotion A und B, tätig als Autor und Kritiker, zwei Monografien zu Imre Kertész und Eduard Rosenthal.

ALBRECHT FRANKE, *1950 in Seehausen, lebt in Stendal. Langjährige Lehrertätigkeit, Tätigkeit als Autor und Rezensent. Zuletzt erschienen – die Monografie *Christa Johannsen*, Halle 2019.

SYLVIA GRAUPNER, *1973 in Annaberg-Buchholz, lebt dort und in Dresden. Studium an der HfBK und der HGB. Ihre Illustrationen in zahlreichen Büchern finden international Beachtung.

MAXIMILIAN HOFFMANN lebt in Magdeburg, der abgedruckte Text fiel unserem Verleger beim Vortrag durch den Autor beim *Public Poetry Scream* im Sommer auf, und nun steht er in *oda*.

URSULA HÖRIG, *1932 in Dessau, sie lebt heute in Salzwedel. Seit 1978 freie Autorin, im Kreis um Werner Steinberg und später selbst fördernd tätig, u. a. *Ungehörige Begebenheiten* (2003).

LEONIE KÖHLER lebt als Autorin und Literaturwissenschaftlerin in Berlin, sie promoviert an der Freien Universität mit einer Arbeit zur Gegenwartsliteratur. Mehrere Einzelveröffentlichungen.

DORIS CLAUDIA MANDEL, *1951 in Merseburg, †2024 in Chemnitz. Lebte in Halle. Ausbildung, Studium, als Autorin, Verlegerin und Chorleiterin tätig. Hallesche Stadtschreiberin 2002/2003.

CORNELIA MARKS, *1969 in Erfurt, lebt in Halle als Übersetzerin, Lehrerin und Autorin, sie gilt als Spezialistin für die südslawischen Literaturen und kann auf zahlreiche Bücher verweisen.

ANDRÉ SCHINKEL, *1972 in Eilenburg, lebt in Halle. Nach Ausbildung/Studium als freier Autor, Lektor, Herausgeber sowie verhinderter Ornithologe tätig. Zuletzt: *Mondlabyrinth*, Halle 2024.

KATHRIN SCHMIDT, *1958 in Gotha, lebt in Berlin. Für ihr Werk (zuletzt: *sommerschaums ernte*, Köln 2020) wurde sie vielfach (u. a. Deutscher Buchpreis, Thüringer Literaturpreis) geehrt.

ABDULAH SIDRAN, *1944 in Sarajevo, †2024 ebenda. Er galt als der bedeutendste bosnische Dichter der Gegenwart. Sein Erinnerungsbuch *Otkup sirove kože* von 2011 war ein Bestseller.

BERNHARD SPRING, *1983 in Merseburg. Germanistikstudium in Leipzig und Halle, Promotion. Tätig als Autor, Texter und Journalist. Zuletzt erschien *Todesnacht auf Rügen*, Meßkirch 2023.

MICHAEL SPYRA, *1983 in Aschersleben, lebt in Halle. Studium und Kindergärtner, und soeben hat er an seinem ersten Roman gearbeitet. Zuletzt: *In Auflösung begriffen*, Weil am Rhein 2023.

KONSTANTIN STAWENOW, *2003 in Erfurt, lebt in Dermbach und Biel. Nach seiner Ausbildung zum Holzbildhauer nahm er in diesem Herbst das Studium am Schweizer Literaturinstitut auf.

SIMONE TRIEDER, *1959 in Quedlinburg, sie lebt als freie Autorin in Halle. Zuletzt erschien ihr Roman *Gastrow oder Die Poesie der Technik*, Halle 2024. Ihr Werk wurde mehrfach geehrt.

HOLGER USKE, *1955 in Riesa, lebt in Suhl. Ingenieursstudium in Ilmenau, viele Jahre bei der Zeitung bzw. bei der Stadt Suhl tätig. Zuletzt der Gedichtband *Windgras*, Oschersleben 2023.

JAN WAGNER, *1971 in Hamburg, lebt als Autor und Übersetzer in Berlin. Für sein Werk wurde er 2017 mit dem Georg-Büchner-Preis geehrt. Zuletzt der Band *Steine & Erden*, Berlin 2023.

RAINER WEDLER, *1942 in Karlsruhe, lebt in Ketsch. Studium und Promotion, Tätigkeit im Schuldienst, in der Begabtenförderung. *Was sind wir mehr als Buchstaben*, Ludwigsburg 2023.

MATTHIAS ZWARG, *1958 in Bad Düben, lebt in Zschopau. Studium Bibliothekswesen, viele Jahre bei der Freien Presse in Chemnitz. Autor und Herausgeber, u.a. *Poeseiealbum 363* (2021).

MONA ZWINZSCHER, *1993 in Quedlinburg, lebt in Berlin. Studium in Zwickau, als Assistentin, Dolmetscherin, Autorin tätig sowie Mitglied des Literaturtrios *Singen, Zwitschern, Scharren*.

Bibliografische Information der Deutschen Nationalbibliothek:
Die Deutsche Nationalbibliothek verzeichnet diese Publikation in der Deutschen Nationalbibliografie; detaillierte bibliografische Daten sind im Internet über http://dnb.d-nb.de abrufbar.

SACHSEN-ANHALT **#moderndenken**

Ort der Augen, die Literaturzeitschrift Sachsen-Anhalts, erscheint mit freundlicher Unterstützung der Staatskanzlei und des Ministeriums für Kultur des Landes Sachsen-Anhalt. *Redakteur*: André Schinkel.
Redaktioneller Beirat: Maria Meinel, Torsten Olle, Sabine Raczkowski, Simone Trieder.

Herausgeber
Friedrich-Bödecker-Kreis in Sachsen-Anhalt e. V.
Paracelsusstraße 2b, 06114 Halle (Saale)
email info@fbk-lsa.de, www.fbk-lsa.de

Herstellung und Vertrieb
dr. ziethen verlag
Friedrichstraße 15a, 39387 Oschersleben
Telefon 039 49.4396, Fax 039 49.500100
email info@dr-ziethen-verlag.de
www.dr-ziethen-verlag.de

Mitglied im Börsenverein des Deutschen Buchhandels

PREISTRÄGER Deutscher Verlagspreis 24

Satz & Layout dr. ziethen verlag nach einem Gestaltungskonzept von Manja Hellpap, Halle/Berlin. *Druck* Halberstädter Druckhaus GmbH. Gedruckt auf umweltfreundlich gebleichtem Papier. *Erscheinungsweise* Vier Ausgaben jährlich. *Bezugsweise* Jahresabonnement 19,50 Euro (Deutschland inkl. Versandkosten) oder über ausgewählte Buchhandlungen.
Abonnement-Kündigungen sind branchenüblich nur zum Jahresschluss möglich. Fragen zur Produktsicherheit richten Sie bitte an die email-Adresse des Verlages.

Bei unverlangten Manuskript- und Grafikeinsendungen (nach Möglichkeit Papierausdruck und Datei als Attachment per email) Kommentierung ausgeschlossen.

Auflage 1000
ISBN 978-3-86289-240-2
ISSN 1863-1444
Einzelpreis: 4,90 Euro

Für den Titel wurde die Arbeit *Prag*, Mischtechnik, 2012, von Sylvia Graupner verwendet.